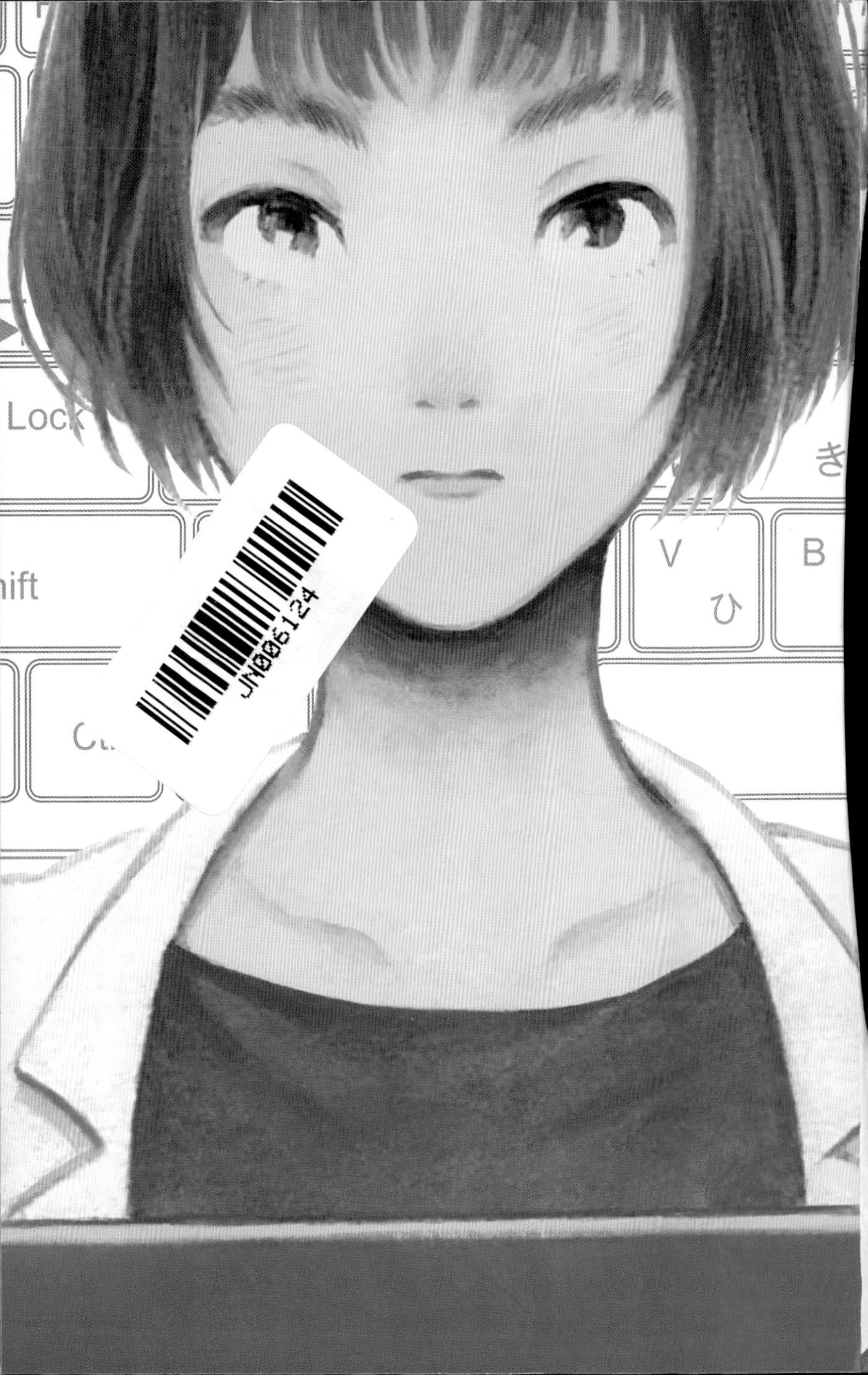
Lock
V
ひ
B
き

目次

チケットNO.1
ITに関するお問い合わせはお早目に情シスまで
003

チケットNO.2
パスワードは推測されにくく、
人間関係は推測しやすいと助かります
057

チケットNO.3
WEBミーティングの裏側はお見せできません
115

チケットNO.4
円滑なパーティー運営が期待されています
177

チケットNO.5
困ったときは再起動しましょう
243

装画　中島花野
装幀　bookwall

チケットNO.1

ITに関するお問い合わせはお早目に情シスまで

1

「蜜石《みついし》さーん。助けてー」

朝、ロッカールームで事務服に着替えて席に向かうと、莉名《りな》を待つ人物がいた。泣きそうな顔で莉名を振り向いたのは、開発部の女性マネージャーだ。両手でノートパソコンを抱《かか》えて、莉名の横の席に座っている。

莉名は三連デスクの真ん中の席で、左隣は空席となっている。相談事を持ってくるユーザーに座ってもらうためだ。

「どうしました？」

「品質管理ソフトが動かないのよ。あと十五分で会議が始まっちゃうのに」

マネージャーはパソコン画面に映っている、ソフトのアイコンを何度もダブルクリックした。しかしソフトは立ち上がらない。「どうしよー」とまたマネージャーは嘆いた。

こういうときにまず試すことは一つ。

「パソコンを再起動してみましょうか。今開いているファイルは、一度保存して閉じてもらっていいですか？」

「あっ、そうだ。蜜石さんといったら再起動なのに忘れていたわ」

――いつの間にか、再起動が私の代名詞になっている。

苦笑いしつつ、莉名はパソコンを再起動した。

マネージャーが再度ログインし、もう一度アイコンをダブルクリックする。莉名にとっては、毎回少し緊張する瞬間だ。

「あっ」と、マネージャーの明るい一声とともに、ソフトは立ち上がった。

「よかったー。朝からありがとうね。蜜石さん、最近どう？」

「元気です！　また何かあったらご相談ください！」

マネージャーは急ぎ足で自席に戻っていった。

簡単な一仕事を終えた。莉名のパソコンを開き、スイッチを入れようとするとそこに、

「蜜石さん、蜜石さん」

と、今度はマーケティング部の男性が焦った様子でやってきた。こちらも手にノートパソコンを持っている。

「画面が真っ黒になって動かないんだ。これじゃ再起動できないよ」

莉名もキーボードを触ってみるが、反応がない。

「うーん、確かに動きませんね……。電源ボタンを長押しして、一度強制シャットダウンしましょう。それでもう一度電源を入れてみてください。やることは再起動と同じです」

「それなら安心だね」

――ってなるよね。万能とまではいかなくても、効果は抜群だから。

そんな簡単なことで直るかといぶかしがる人もいるが、実際パソコンの不具合は再起動で解

決することが多い。ガラス汚れにメラミンスポンジぐらい効果抜群である。

こちらも無事立ち上がった。男性が「助かったー」と、安堵《あんど》のため息をつく。

「同じ不具合が続いたら、また持ってきてください」

ちょっとした一言を伝える。その方が、よりユーザーに寄り添えるかなと思うからだ。

「ありがとうね。蜜石さん、最近どう？」

「元気です！」

莉名は笑顔で答えた。

知らない人からしたらおかしな会話だが、これがお決まりの流れだ。

男性が戻っていくのを見送ると、莉名は前髪をさわった。今日は調子がいい。

二年前にショートボブのぱっつん前髪にしてから、莉名は前髪の調子で一日の気分を占っていた。綺麗《きれい》にできたらいい日。変な割れ方をしたり、うねったりしたら駄目な日。

だが二年の時を経《へ》てスタイリングが上達しているため、占いはほぼ毎日、いい日という結果が出る。ほとんどいかさまである。

マスクを付ける日常が続くので、途中から印象が重たくならないようにシースルーバングにした。そのため難易度が上がったが、それもすぐに慣れた。

——でもいい日という結果が出るなら、それはそれでいい。

単純な莉名だ。そんな莉名の忙しい一日が、今日も始まる。

2

東京都中央区の八丁堀駅から、徒歩五分ほどにあるオフィスビル。そこの二階にある文具メーカー、株式会社ＢＢＧが蜜石莉名の職場である。

社員百人前後の会社で、書き心地がなめらかで人気のボールペン『ミルキーウェイ』、板書の書き写しに最適な学生向けノートシリーズ『キャラバン』などが主力商品となっている。経営理念は『気持ちを伝える文具』。そんな温かいキャッチフレーズのせいか、従業員も穏《おだ》やかな人が多い。

今は在宅勤務も選べるため、全員出社となることは少ないが、仕切りのないワンフロアには、社長を含めほとんどの従業員のデスクがある。莉名はここの情報システム部員だ。

もっとも莉名はＢＢＧの正社員ではない。莉名は社員十人のＩＴコンサルティング会社、スカーレット株式会社に所属しており、業務委託の情シス部員として、ＢＢＧに常駐している立場となる。

ネットワーク整備、サーバー構築などの高度な業務は莉名の上司の長谷川康平《はせがわこうへい》が担当し、莉名の担当は主に社内のヘルプデスク業務だ。ユーザーが使用するパソコンや社用携帯電話の保守、システム運用など作業は広範にわたる。

長谷川は別現場の案件も担当しているため、基本的に社外での作業となり、たまにしか出社しない。つまり社内に常駐するＩＴ部員は莉名ひとりだ。

新型コロナウイルスの流行で、緊急事態宣言が出ていた頃は在宅勤務もしていたが、サーバールームを確認したり、ユーザーのパソコンを直《じか》に見たいときも多い。そのためワクチン接種が行き渡り、アフターコロナと呼ばれるようになった今は、毎日出社している。

以前のことだった。

ユーザーのパソコンの調子が悪かったので莉名は再起動を案内した。するとユーザーには再起動がこう聞こえたらしい。

——最近どう？

それで一笑い起きるという出来事があり、それ以来オフィスのメンバーから「蜜石さん、最近どう？」と冗談めかして聞かれるようになった。

若干困惑もあるが、莉名も「元気です」と返す。でもオフィスの一員として迎えられているようで、嫌ではない。

——私だけにできることを見つけられれば。

そう考えながら毎日奮闘している、ＩＴ業界に入って二年の莉名である。

令和になって早数年。いまだ続く新型コロナウイルスの脅威。

一時の大流行は鳴りを潜めたものの、まだまだマスクや除菌は必須《ひっす》の世の中だ。

数年前には考えもしなかった、思いもよらない世界。

そんなめまぐるしく変わる景色の中で、自分には何ができるだろう、と。

パソコンを開くと、莉名あてに『グスト』でメッセージが飛んできていた。

グストとは、ＢＢＧで使用しているビジネスチャットツールである。目的に応じてチャンネルを作り、参加者がチャンネル内でチャットをする。チャンネル内のやり取りは参加者全員が見ることができる。部屋を作って、その中で大人数で話すイメージだ。

同内容のツールだとスラックやチャットワークなどが有名だが、ＢＢＧの取締役《とりしまりやく》がグストの開発会社と懇意にしているらしく、これを使っていた。

情シスへの問い合わせ用チャンネルもあり、そこを見ると営業部の佐々本良《ささもとりょう》からメッセージが入っていた。

佐々本は中途採用でＢＢＧに入社したばかりだ。年齢も二十六歳の莉名と変わらないぐらいだろう。まだ仕事に慣れていないようで、あたふたしているのをよく見かける。

そのため口頭やグストで質問を受けることが多いのだが、そのときの口調や問い合わせ文面が丁寧なので、莉名は印象的に感じていた。礼儀正しい人なのだ。

前日もシステムアクセス権について質問が来ていたが、本日は別の質問が来ていた。


お忙しいところ恐れ入ります。

外出中なのですが、営業支援ツールのことで質問です。

スケジュール設定後、合計金額画面が表示なしです。

起動し直してみたのですが直りませんでした。

動かし方が悪いのでしょうか。

ご確認の程、よろしくお願いいたします。


——何だろう。いつもと違うような。

莉名は佐々本からの質問文に不自然さを抱いた。

いぶかしげな顔になっていたのか、右隣の席にいる関森《せきもり》さゆりが声をかけてくる。

「莉名、どうしたー？」

さゆりはＢＢＧの総務担当で、このオフィスの総務業務を一人で担当している。同い年ということもあり、莉名とは仲よしだ。様々な仕事が降ってくる中で知ることもあるのだろう、社内のゴシップに詳しい。

丸っこい童顔の表情をころころ変えながら、ハスキーな声でいろいろな話をしてくれる。マスクで顔の下半分を隠すぐらいでは、この表情の豊かさは隠せない。男の子っぽい口調なのもさゆりらしい。

莉名はさゆりにメッセージのことを告げた。

「佐々本さんからグストに連絡来たんだけど、変だなって思って。毎回欠かさず律儀に『お疲れ様です。佐々本です』から入ってくるのに今日は違うし、営業支援ツールは『サンシャワー』という名前があることも、営業部の佐々本さんなら知っているはずなんだけどな。全体的に文の調子も簡素だし。いつもなら『～させていただきます』や『～でございます』って、すごく丁寧な文を書いてくるんだよ」

連日問い合わせをもらっているので、今日もらった文面の不自然さが余計に際立つ。

「どれどれー」

さゆりは自分のパソコンで、佐々本の問い合わせを見た。

「んー、そんなに変か？　立て込んでるだけじゃない？」

「それならいいんだけど。合計金額画面って何だろ。サマリー画面のことかな」

ひとまず、そう想定して回答することにした。

「いつも朝から大変だ」

「これぐらい、どってことないよ」

朝から何件ものメッセージを受ける日もある。そういう日は正直気が重くなるが、落ち着いて一つずつ解決していくしかない。

さゆりが思い出したように言った。

「そうだ、今って御子柴《みこしば》さんがひとりで出張中だから、佐々本さんは臨時で若林《わかばやし》さんに同行しているんだよ」

さすが社内事情に詳しい。

営業部のメンバーは基本的にふたり一組で行動している。佐々本は普段、御子柴雄太《ゆうた》という社員の下に付いているのだが、御子柴は急な出張で現在関西にいる。そこで若林という、ベテラン社員の下に付いているそうだ。

御子柴は入社して七年ぐらいと聞いたから、年齢は三十前後だろうか。明るく社交的な性格で、莉名も何度か話したことがある。

一方若林は年齢は四十代くらいだろう。クールな印象で口数も少ないので、あまり話したことがない。

いずれにしろ、質問に答えなくては。莉名は佐々本からの質問に答えた。


入力後、表示項目にチェックを入れているかご確認ください。チェックが一つもないと仕様上エラーになってしまいます。


「毎日すごいなー。次から次にひっきりなしじゃん」

さゆりはグストの情シスチャンネルをスクロールさせながら、呆《あき》れたように言った。

「さゆりだって――」

と言いかけたところで、「関森さーん」とさゆりが声をかけられた。備品の場所がわからなくて質問を受けたようだ。

「はーい、それならこっちでーす」

すぐにさゆりは席を立ち、備品庫へと案内する。

その後ろ姿を見ながら莉名は思う。さゆりだって毎日大変そうだよ。

大変『そう』と表現せざるをえない、それが人と人の関係――と、一瞬考えた自分を戒《いまし》める。それはネガティブすぎる。

そうだというなら歩み寄れるはず。歩み寄ればいい。

身近な人でさえ、どんな業務をしているか詳細は見えづらいものだ。情シスは各部署から問い合わせが来るため、顔見知りは増えるものの、把握できていないことも多い。

——見えないところで、誰もが頑張っている。

だから莉名は思う。せめて目が届くところは、しっかりやっていると胸を張って言いたいと。

佐々木からはすぐに返事が返ってきた。

できました！　感謝いたします。

そんなかしこまらなくても「ありがとうございます」ぐらいでいいのに。

でも佐々木らしくて面白い。莉名はクスリと笑った。サマリー画面のことでよかったようだ。無事問い合わせが完了した。

こういった感謝の言葉の積み重ねは、莉名の仕事における原動力の一つである。

誰かの役に立てることはうれしいこと。そしてそれは当たり前のことではない。

だから莉名がいて、よかったと思ってもらえるように。

そうなる日を追いかけていきたい。

莉名は今の問い合わせ内容を、チケット管理システムの『カルタ』に入力した。問い合わせがあったらカルタでチケットを発行し、内容や対応方法、依頼者や所要時間などを記録していく。そうすれば次回同じ依頼が来た際に、過去の記録を参照して素早く対応できるし、現場の問い合わせにどういう傾向があるのか分析できる。

その他《ほか》にＩＴ分野では、プロジェクト管理の各タスクも、チケットという呼び方をすることがある。莉名も初めはチケットと聞いてコンサートを思い浮かべていたので変な気分だったが、じきに頭になじんでいった。

たかがチケットの意味を知ったくらいで、少しはＩＴ部員らしくなったかな、と胸を張った自分に苦笑しながら。

3

日次業務のシステムチェックを終えた頃、開発部のリーダーの島崎《しまざき》が莉名の元を訪れてきた。軽い調子でよく周りを笑わせている、部のムードメーカー的存在である。

「蜜石さん。今大丈夫？　これ、最近すぐ圏外になっちゃってさ。直らないかな。これじゃあ電波も俺の思いも、お客さんに届かないよ」

島崎は社用携帯電話を見せてきた。故障に戸惑う思いだけは、無事莉名に届く。

莉名が画面を見てみると、電波状況のアイコンが圏外となっている。ここで圏外になるわけがない。

「お借りしてもいいですか？」

島崎から電話を受け取ると、莉名はまずお決まりの再起動を試してみた。

「あっ、再起動はしてみたんだけどね」

すでに実施済みだったようだ。島崎の言う通り現象は改善されない。次にＷｉ－Ｆｉのオンオフ切り替え、機内モードのオンオフ切り替えなどを試してみた。

「ダメか……」

それでも不具合は改善されなかった。

「まいったなー。これって修理になったりする？」

「そうなっちゃいますね……。もうちょっと調べますけど、最悪の場合は」

「修理日数とかどれぐらいかな？」

「情シスで預かって配送手配にするなら、二週間ほど見てください。それだと困る場合は、島崎さん自身でショップに持ち込んでいただくことになります。その場で修理可能なら手元を離れる時間が一番短いですね。ただショップに持ち込んでも、結局工場修理になるケースもありますが……」

「そうなるかー」

島崎は額に手を当てた。

「配送手配の場合は通常の稟議書《りんぎ》、ショップ持ち込みの場合は事後稟議書を出してもらうことになります」

「うわっ、そうだった。面倒なやつだ。確か稟議書って、いつ壊れたか書かなきゃいけないよね。覚えてないな……。蜜石さん、稟議書はもっと簡単に作れるようにはならないの？ あれ大変でさ」

ＢＢＧの各部の組織編成は、役職なしの社員、役職なしの社員の上司となるリーダー数名、部のメンバー全員を束《たば》ねるマネージャーで構成されている。稟議書の作成権限があるのは、リーダー以上の役職を持つ社員だけだった。

「いやー、あのシステムは情シスではなくて、経理が管理してるんですよ」

「あっ、そうなんだね」

パソコンで使うシステムは全《すべ》て、情シス管理と思われがちだ。しかし稟議書のシステムは、経理部が他社に開発を依頼したシステムなので、情シス管轄ではなかった。現状の稟議書作成フォーマットは複雑で作成が大変らしく、何とかしてほしいと何度も要望を受けている。

「経理か。言うこと聞いてくれなそうだし手強《てごわ》いな」

ボソッと島崎は言った。

——ということは、ひょっとして私って手強くない……ちょろいの？

そう思ったが態度には出さない。うーん、なるほど。だからこそちょろいのか。

「頼む、どうにか直ってくれ！ 大事な電話があるかもしれないから手元から離したくないし、稟議書の作成は大変だし」

後者を言うときの方が力がこもっていた。気のせいだろうか。

「あとは……、ＳＩＭカードを差し直してみましょうか」

莉名は携帯電話の電源を切ると、デスクの引き出しからクリップを取り出した。携帯電話のＳＩＭカードを取り出すときやパソコンの放電作業をするとき、小さなピン状のものが必要になる。クリップが最適なのだ。

クリップを伸ばしてピンのようにすると、携帯電話側面の小さな穴にそれを差し込む。トレイが飛び出てきたので一度ＳＩＭカードを取り外すと、もう一度トレイに載せて端末内に押し込んだ。

島崎も真剣に見守っている。果たして直るだろうか。莉名は再度電源を入れた。すると——

「あっ、直ってる」

圏外の表示は消え、電波状況を示す三本線のアイコンが出てきていた。

「やったよ、さすが蜜石さん」

念のため固定電話から島崎の携帯に電話をかけてみると、きちんと着電した。

「これで稟議書作成しなくて済むよ」

やっぱりそっちが一番の心配事だったか。

「本当ありがとう。蜜石さん。最近どう？」

「元気です！」

「何だか慣れきって初々しさがないなあ。まあ慣れきっちゃうぐらい、みんなを助けてるってことか。俺も助かりました！　ありがとうね」

冗談交じりに苦言を呈《てい》すると、島崎は戻っていった。

「もっとかわいこぶりっこして言ってみたら？『はーい、元気でーす！』みたいなさ」

横のさゆりが両手をグーにしてあごに当てると、アニメ声で言った。

「誰がそんなことをするか」

「やったらご飯おごってあげるよ」

財布もお弁当も忘れるようなことがあったら、そのときにでも試そうか。おごってもらう分、社内を歩けないほどの大恥をかきそうだが。

忙しいながらも、その日は大きな問題もなく終わった。

ホッとした気分で退社できるなら、それだけでいい日だったと莉名は思う。朝は前髪が整い、帰りはホッとしていれば、二段階認証でばっちりいい日だ。

何気ないしあわせを噛《か》み締《し》めすぎかな、と自嘲《じちょう》するときもあれば、でも別にいいじゃないか、と思うときもある。


「莉名ー。私も終わったから一緒に帰ろー」

オフィスを出て階段を降りていると、後ろからさゆりに声をかけられた。キャップをかぶり、パーカーにロングスカート。首にはヘッドホンをかけるいつものスタイルだ。

莉名がロッカールームを出たときにはまださゆりはいなかったのに、一瞬で着替えて出てきたようだ。忍者のような早着替えは、さゆりの得意技である。

ふたりでビルを出た。目の前は平成通りで、宝町駅方面に少し歩けば首都高の下をくぐることになる。

毎日のことだが、退勤時に浴びる風って、どうしてこんなに気持ちいいのだろうか。

ふたりで八丁堀駅の方へと歩いていく。すっかり街の景色でおなじみ、ウーバーイーツの自転車がふたりを追い越していく。

「今日も終わったー。鈴《すず》もいたけど、まだ帰れないんだって」

鈴というのは、広報部の夏坂《なつさか》鈴だ。

さゆりと鈴、社内だと莉名はこのふたりと特に仲がいい。

「鈴、最近いつも遅いみたいだね」

「広報は暇そうなところを見たことがないよ。そういやさ、今日名刺の整理してたら莉名のが出てきたよ。もう二年だって、早いね」

「へー、ここに入る前、面接のときに渡したやつかな。まだあるんだね」

莉名はBBGの社員ではないので、持っているのは当然、所属会社のスカーレットの名刺である。

「莉名はすっかりBBGの一員なんだから、BBGの名刺作っちゃいなよ。私よりよっぽど社員なんだから」

よっぽど社員とは聞き慣れない日本語だ。

「それにしても莉名はファミレスからIT業界に転職だもんね、すごいや」

「そんなことないよ。私なんか本当に全然」

「私みたいな根性なしには絶対無理だわ。パソコン元々詳しかったんだっけ？」

「ううん。まったくの未経験」

「すげー。リスペクトしかない」

さゆりがおどろいた顔を見せた。

莉名の社会人生活はIT業界だけではない。大学卒業後、一度ファミレスチェーンに入社したのだが、人手不足の現場に配属となり、激務で体を壊し辞めることになった。

IT業未経験の莉名が、社員が十人もおらず、積極的に採用活動を行っているわけでもないスカーレットに入社できたのは、つてを辿《たど》った偶然だ。

たまたま内定を取れただけで、ITに詳しかったわけでもない。つぶしのきくスキルが身につくかも、ぐらいの考えだった。

「最初は未経験で入って失敗したと思ったけどね。ITは元々パソコンとかが趣味で、入社時にすでに詳しい人も大勢いるから」

当時は大変な思いをした。とにかくIT用語がわからないから、都度話を止めてしまうことになる。あまり思い出したくない記憶だ。

さゆりが思い出したように言った。

「最初の頃の莉名、暗かったもんね。私は私で入社してあまり経《た》ってなかったから大変でさ。助けられなかったなーって。こんな後悔の仕方、一番駄目なんだけど。そのときに助けられなかった自分に、後で言い訳するのダサいよね」

「そんな気にしないでよ」

さゆりは口ではふざけていても、心が優しく仕事ぶりも丁寧だから、皆から信頼されている。根が真面目《まじめ》なのは話していても感じる。

「それが今やBBGのITを一身に背負う、凄腕《すごうで》エンジニアだもんね。努力家だね」

「背負わせないで。長谷川さんがいるんだから。それにヘルプデスクはエンジニアとは違うけどね」

ヘルプデスクが幅広くエンドユーザーからの問い合わせ対応をするのに対し、エンジニアはシステム開発や保守を中心とした業務に携わる。職場によるが、わかりやすく分けるとこんなところだ。

BBGのITを背負っていると言うのならスカーレットの長谷川なのだが、長谷川はほとんど出社しないので、さゆりとしては働いている感じがしないらしい。

「いや、情シスってことでエンジニアもヘルプデスクも一緒でいいよ。そして私としては莉名をIT責任者に任命するよ」

「いつの間に任命権持ってたの？　私、凄腕でも努力家でもないのに」

「あはは。そんなことないよ。で、どうなのよ？　最初は失敗したと思ったけど、今はどう思ってる？　失敗したと思っていない？」

「もちろん。楽しく働かせてもらってるし」

「だよねー。知ってるー。それは私のおかげもあるよな！」

さゆりは自分を指差して笑った。いつでも愉快なキャラクターだ。

未経験ながら様々な業務に取り組んできて、段々とこの仕事にやりがいを感じてきた。

ＢＢＧはいい会社だと思う。激務でもなく、ぎすぎすした雰囲気もない。

現場に甘える気はないけど、莉名のように経験に乏《とぼ》しい人間が入る現場としては、ちょうどよかったのかもしれない。

いろいろあったけど、今は楽しく仕事できている。

周囲が助けてくれるおかげである。

4

有楽町線の小竹向原《こたけむかいはら》駅から歩いて十分ほどのところにある、築五年の四階建てマンションに莉名は住んでいる。

家に入ったら玄関の除菌スプレーで手を消毒。

そしてその後のスニーカーを脱ぐ瞬間が、莉名の毎日のささやかな幸せだ。

解放感にあふれて、一日頑張った今日の自分をほめることができる。

BBGは内勤者の服装については堅苦しくないため、莉名はスニーカーで通勤している。初めはパンプスだったが、対応でオフィス中を歩き回ったり、何台もパソコンを運んだりする日もあるので、途中からスニーカーにした。

「疲れたー」

ソファにリュックを降ろすと同時に、自然と声が出た。声に出すと余計疲れそうなのに、結局毎日のように言ってしまう。

そしてテレビを付ける。毎日のお決まりの流れだ。

1DKの部屋はずっと殺風景である。

部屋の散らかり具合は、気持ちの散らかり具合と呼応すると聞いたことがある。かつてこの部屋は、疲れ切った莉名の気持ちそのままに荒れていた。

だがBBGでの勤務が始まる前に断捨離したところ、うまく気持ちを切り替えられた。スッキリした部屋も気に入り、今もそのままになっている。

とはいえ、あまりにも味気ない。

ソファ横にある、マガジンラックの雑誌が目に入った。タイトルは『お部屋で植物栽培』。コロナ禍でここ数年、自宅趣味が盛り上がっているが、莉名も植物を育てようかと考え始めた。だがなかなか実行に移せず、栽培方法についての知識だけが増えている。

今日は余りもののキャベツを使って、ポリヤルを作ることにした。

ポリヤルとは、野菜をスパイスとココナツで炒《いた》めた料理である。

莉名は数年前から、カレーやインド料理を食べたり作ったりすることを趣味の一つとしている。当時勤めていたファミレスの、カレーフェアがきっかけだ。

キャベツを切り、マスタードシードとターメリック、ココナツファインと合わせてサッと炒める。スパイスのいいにおいが部屋に広がってきた。

火が通ったらお皿にあけて、テレビ前のガラステーブルに運ぶ。テーブルはアルコールとガラス用洗剤とメラミンスポンジで綺麗にしているので、いつもピカピカだ。

その他のメニューは、ジンジャーポークソテーとカマンベール入りポテトサラダ。こんな風に一品だけインド料理が混ざることが、莉名の食卓ではしょっちゅう発生する。

「――おいしい！」

ポリヤルを口に運び、莉名は声を出した。

声に出すともっとおいしくなりそうだから、毎日のように言っている。

ひとりで何しているんだろうと思うこともあるが、優先するのはおいしさだ。

テレビでは大好きなバラエティ番組『布川《ぬのかわ》の柵《さく》』が放映されていた。大勢のお笑い芸人が、あらゆる手を使ってＭＣの布川を笑わせる番組である。この変わったタイトルは、出演芸人の一組、『きつねラーメン』が付けたらしい。

食事を終えソファに座り、莉名はテレビを見ている――というよりは、テレビに目を向けているというのが正しい。頭では今日の業務を思い出していた。

家で仕事のことを思い出すのは疲れる。だが莉名は気持ちの切り替えが苦手なタイプだ。莉名は自分に自信がない。ユーザーにベストな回答を伝えられたか、もっと迅速に結果を出せなかったか。問題なく依頼をクリアできたとしても、それでも心配する。

ちょっとでも引っかかりを残して退勤すると、それが気になってしょうがない。ましてや土日を挟んだら、せっかくのお休みの幸せが半減する気さえする。

高望みしすぎだろうか。考えすぎだろうか。

なるべく表には出さないが、いつも不安である。かつて失敗したことがあるからだ。

――困ったときは再起動しましょう。

莉名は、いつしか心でそう唱えていた。

気が詰まって苦しいときがある。どんな仕事だってそうだろう。

ヘルプデスクはユーザーと直に関《かか》わる業務だ。面と向かって感謝してもらえるありがたさ、喜び。莉名もこういう仕事が好きな自分に気付いている。

だから大変なときがあっても、気持ちを再起動して切り替えよう。

自信がない分、その気持ちをいつも念頭に置く。そうやって進んでいくしかない。

無理やり前を向こうとしているのかもしれない。でも前は前だ。

パソコンの再起動は、ガラス汚れにメラミンスポンジぐらいの効果がある――と思っている。だったら気持ちの再起動も、それぐらい効果があるにちがいない。

きっと、いや絶対、そうにちがいない。

――あっ、しん猫《ねこ》を見逃した！

大好きな芸人カルテット、『しん猫』の出番を集中して見られなかった。こんな風に考え込んでテレビが頭に入らないことが多いから、莉名は必ず番組を録画する。休みの日にもう一度見て、今度こそ爆笑するためだ。

テレビを見終わった。

一息ついたら、机に向かうのが莉名の日課だ。基本情報技術者試験というＩＴ系の資格の勉強を、毎日怠らないようにしている。

もし約束を破った場合のペナルティもある。

――勉強しなかった日一日につき、三日間はお菓子禁止！

そう心に誓った莉名だったが、たまにこのペナルティ自体を破ることがある。

今日は忙しかったからご褒美《ほうび》が必要とか、我慢しすぎるのも体によくないとか、あらゆる理由を付けては、勉強しなかった翌日にお菓子をほおばっている。

それでも勉強さえやめなければ、いつかは。

机に向かってテキストを開き、ペンを手に持つ。ペンはもちろんＢＢＧのボールペン、『ミルキーウェイ』だ。

そして勉強のお供は個包装のホワイトチョコ。家で食べていいのは一日最大三個まで。おかげで冷蔵庫にはストックがたくさんある。

目を閉じて大きく一つ深呼吸。三つ数えて、また気持ちを再起動する。

毎日何回起動し直すのかと、苦笑するときもある。でも気持ちを切り替えられずにぐだぐだするよりはマシだ。

テキストに視線を落とした。

勉強が終わったら、お風呂《ふろ》でリラックスし、お気に入りのパジャマを着てベッドに入る幸せが待っている。

5

翌日。莉名はアカウント作成依頼を受け、VPN管理画面を開いていた。

VPNとは仮想専用回線のことで、要は社外にいても会社と同じネットワーク環境で業務をするためのシステムである。社内環境で構築されたシステムやサーバーを、社外で使うために必要となる。

以前は外出が多い営業部員のみアカウントが付与されていたが、コロナ禍で在宅勤務が発生する今は、全従業員がアカウントを持っている。VPNという言葉も、すっかり世間的になじみ深いものになった。コロナ流行後にBBGに入社した社員は、説明しなくてもVPNについて理解しているので、莉名としては少し楽だ。

管理画面には、ユーザーアカウント一覧が表示されている。そこで莉名は気付いた。

アカウントの最終ログイン日時も表示されるのだが、佐々本の最終ログイン日時がすごい時間になっている。

一昨日の午前四時。明け方だ。

全従業員でひとりだけ、そんな時間に仕事をしている。

業務が立て込んでいるのだろうか。


午後になると、外出していた若林と佐々本が帰ってきた。

ポーカーフェイスでマスクの下はいつもへの字口の若林に対して、色白で細い佐々本は眉《まゆ》がいつもへの字になっている。

「あっ、佐々本さん。昨日のサンシャワーの件、大丈夫でしたか？」

フロアにある自販機に飲み物を買いに行ったついでに、莉名は佐々本に声をかけた。

ちょっとしたことだが、対応完了後も機会があれば一声かけた方がいい。莉名が経験で学んだことだ。相手も安心するし、ユーザー側に新たな質問があったら早めに聞ける。

だが声をかけられた佐々本の反応は、莉名を不安にさせた。

真剣にパソコンを見ていた佐々本は莉名を見ると、

「は、はい、大丈夫でしたよ」

そう返事すると同時に、キーボードに置いていた両手を膝《ひざ》の上に置いたのだ。やけに焦っている様子だ。

明け方にVPN接続をしていたことも気にはなったが、あまり聞きすぎるのもどうかと思い、「それならよかったです。また何かあれば」と、笑顔で答えて席に戻った。

——本当はよくない。

莉名はあくまでも情シスだ。他の部の状況を心配する立場ではない。とはいってもシステムを管理していて、気になることが多いのも事実だ。

VPN接続の最終ログイン時間の他にも、オフィスの入退館システムの管理ページを見れば、誰が何時まで残業していたかすぐにわかる。

心配にはなる。

莉名自身も不安な面がある分、誰かが同じ気持ちになっていたら手助けしたい。

おせっかいかもと考えると、何もしないのが無難《ぶなん》ではある。

そんな自分は嫌だ。だがどう行動すればいいかわからないことも多い。

給湯室でコップを洗っていると、

「蜜石さーん、最近どうー？」

振り向くとそこにいたのは、営業部の岩倉有紀《いわくらゆき》だった。

ショートカットのスーツ姿で、いつもテキパキ動いている。

岩倉はとりわけ『最近どう』のノリが気に入っているらしく、莉名に会うと欠かさずこの言葉を投げかけてくる。以前に簡単なパソコンの操作を教えて以来、ちょっとした世間話をする仲になった。

「元気です」

「知ってまーす。でも蜜石さんのことはどうでもよくて」

「どうでもいいとは何だ」

となるが、ここまでが岩倉と話すときのまくらである。

「それより佐々本くんが心配で……。私はどうやって助けてあげればいいの？」

岩倉はわかりやすい泣き真似《まね》をした。佐々本が気に入っているらしい。若林と組んでからの佐々本が、元気なさげなのが心配だそうだ。

「若林さんは怖い人じゃないけど、感情が表に出にくいからさ。普段、感情全出力の御子柴さんと一緒にいる佐々本くんは、どう接したらいいかわからないみたい。大丈夫かな」

コンビで動くとなると、いろいろあるようだ。

給湯室からは営業部のデスクが見える。莉名が目をやると、佐々本は肩を丸めてこそこそとパソコンを動かしている。まるで人目をうかがっているようだ。

「おーい。私の話聞いてるー？」

莉名が我に返ると、岩倉に顔をのぞかれていた。

「あ、ごめんごめん」

――また考え込んでしまった。

たまに出る莉名のくせだった。考え込んだり仕事が立て込むと、周りが見えなくなって首が限りなく九十度に近いところまで傾き、頭の中がフリーズしてしまう。

両ほっぺを二回叩《たた》く。仕事がたまっている、急がなくては。

佐々本は大丈夫だろうか。気になるが、つきっきりで面倒を見るわけにはいかない。

「佐々本くんが困っていたら、最優先で助けてあげてね」

「うん。可能な限りね」

岩倉からの無理なお願いに、莉名はうなずく。

優先できるかはそのとき次第だし、岩倉もそれは承知しているだろう。でもこういう軽い約束に限って、不思議としっかり守られるものだ。

不思議と思わないくらい全員を最優先で対応できたら、なんて夢みたいなことを考えた。

「あっ、蜜石さんちょっと」

席に戻る途中、次に声をかけてきたのは神田《かんだ》取締役だった。

「神田取締役、お疲れ様です」

――神田剛《ごう》。株式会社BBG取締役。組織上では情シスの責任者となり、システム導入や改修、新規物品の購入、全社的な運用変更などすべての決定権は神田にある。いわば莉名の上司にあたる人物だ。太い眉に大きな目、黒々とした濃い髪と、パワフルな印象の見た目である。

神田の横には、眼鏡《めがね》をかけた恰幅《かっぷく》のいい大柄《おおがら》な男性が立っている。莉名の会ったことのない人物だった。

「ごめんね忙しいところ。こちら、システムベア代表の熊田《くまだ》さん。システムベアさんは知ってるよね？」

神田は笑みを浮かべながら、試すように言った。

しかし莉名は「システムベアさん……」とつぶやいたまま固まってしまった。

失礼になっていたらどうしようと不安になってくる。

それが表情に出てしまったのか、神田の横の男性は笑い出した。

「弊社ももっと有名になれるよう、頑張らないといけませんな。ソフトの開発・販売からシステムインテグレーションまでいろいろやっているのですが、まだまだですね」

神田が間に入った。

「熊田さん、こちらがヘルプデスクの蜜石莉名さんです。グストの使い方なら、このオフィスで一番詳しいのではないかと」

「あ！」と、莉名は思わず声に出してしまった。

そうだった、システムベアはグストの開発元の会社だ。神田と何か打ち合わせがあり、ここに来たのだろうか。

「そうでした。すいません、いつもお世話になっております」

何度も頭を下げる莉名に、

「そんな気にしないでください。いつもグストのご利用ありがとうございます」

と、熊田も莉名に向かって頭を下げた。

「ヘルプデスクということは、ＢＢＧさんの縁の下の力持ちですね。神田さん、華やかな部署だけでなく、ちゃんと縁の下の頑張りも見てあげてくださいよ」

神田は笑いながら「わかってますよ」と答えた。

「いや、まだまだ力不足ですけど……」

もじもじしながら返事をしたが、内心はうれしく感じていた。

「グストでご不満な点があったら、神田さんに文句をぶつけてくださいね。縁の下から声を荒らげて抗議してください」

「何ですかそれは」と再び神田は笑う。そうだ、ふたりは昵懇《じっこん》の仲だと聞いている。

「それでは失礼します。また」

手を上げる熊田に、莉名はもう一度深く頭を下げた。

神田に連れられ、熊田はオフィスの出入り口へと向かっていった。

グストのことなのか、「例の件もお願いしますね」と、熊田が神田に伝えるのが聞こえた。

6

自席にいると、背後から若林と佐々木の声が聞こえてきた。会議室から戻ってきたようだ。

振り向くと、ふたりとも忙しそうな顔付きだった。

空きデスクにパソコンを置くと、若林はキーボードを叩きながら言った。

「もし時間があればと、スーパーサイタマの担当から連絡があった。絶好の機会だからすぐ向かおう。一度保留となっていたが、契約にこぎ着けられるかもしれない」

若林は確かに表情に乏しい。

淡々と話すその様に、佐々本が焦っているのがわかった。

ジロジロ見ているのもおかしいので、莉名は目線をパソコンに戻した。しかし話が気になって、どうしても耳をそばだててしまう。

「スーパーサイタマ……」

佐々本は思い詰めたような言い方で、その名前を繰り返していた。

「何だ忘れていたのか。確かに先方の事情で交渉がストップしてたけど、見込み案件リストには入っていたぞ。アンテナは社内外問わず張っておくものだ」

確かに若林の口調は、怒っているようにも聞こえる。

だが莉名は、やはり不思議だった。おとなしい佐々本だがいくら何でも脅《おび》えすぎだ。何か隠し事でもあるのだろうか。それなら、早めに正直に言った方がいいのに。自身の経験からもそう思う――

ふとキーボードを打つ手が止まる。昔のことを思い出した。

『愛想《あいそう》振りまくだけでも気にくわないのに、勝手に安請け合いすんなよ！』

そう叱責《しっせき》された過去がある。グサリと刺さったその言葉。

軽蔑《けいべつ》するようなその目に、黙ってうつむくことしかできなかった。

愛想よくするのは自分の美徳だと、どこかで思っていたのかもしれない。そして勝手な判断で、時間がかかる仕事を引き受けてしまった。頑張りでどうにかなるという過信もあった。

結局一人ではできず、約束した期限に間に合わせるためメンバー総動員での作業となった。

――せめてもっと早く言えよ。どれだけ迷惑をかけたかわかっているのかよ。

莉名に聞かせるための独《ひと》り言《ごと》だった。それでも莉名が手助けできることはなく、ただの役立たずだった。


「莉名、どうしたー？　疲れたらちょっと休みなよ」

さゆりに声をかけられて我に返った。

「ごめん、ボーッとしてた」

「何それ！　ボーッとしている暇があったら、こうやって気合い入れて休め」

さゆりは白目でデスクに突っ伏すと、フゴーといびきをかく真似をした。さゆりなりの気遣《きづか》いである。

「ありがとう。大丈夫だよ」

笑って返した。

莉名のときは特殊な状況ではあったが、早めの報告が必要なのは確かだろう。

若林と佐々本の話し声が、再び耳に入ってくる。

「急ぎで準備して三十分後には出発だ。会議の議事録は頼んだぞ。先方がプロジェクタを持っていれば、佐々本のパソコンの画面を投影して議事録を映せるな。あっ、サイタマはカタカナだから、もし映すことになったら間違えないようにな」

「……はい」

佐々本の返事がワンテンポ遅れた気がした。若林は気付いていないようだ。

パン、と若林がノートパソコンを閉じる音がする。

「パソコン……。あの……」

佐々本が声をかけたことに気付かなかったのか、急ぎ足で席に戻る若林が見えた。

「うわっ、バッテリーがない。省電力モードになっちゃった」

ひとりであたふたしている佐々本を見て、ますます心配になった。


莉名は今のふたりのやり取りを振り返っていた。

やはり佐々本のパソコンに、何かが起こっている気がする。それなら莉名の出番だ。

しかしそれなら、サンシャワーについて問い合わせをしてきたように、なぜ莉名に何も言ってこないのか。

たまたま近くにいたのか、岩倉が心配そうに莉名に話しかける。

「佐々本くん大丈夫かなー。この間もプレゼン資料に載せる数字を間違えたみたいで。一昨日にふたりで泊まっていた出張先のホテルで、若林さんが明け方まで修正したみたいだけど」

「明け方まで？」

心に引っかかるものがあった。

「うん。さざなみコーポレーションに販路拡大を提案してるんだけど、その資料。若林さんの優しさだよね。だから佐々本くんも恐縮しないでいいのに。若林さんは顧客のために仕方なくやっただけで、怒っているだろうって思い込んでるみたい……っていうか！」

突然岩倉が大きな声を上げた。

「さざなみコーポレーション用の案件管理ページの作成、情シスに出してたっけ？」

「え？　来てなかった……と思うよ」

「ごめん、すぐに申請出すから、承認回ってきたらすぐにやって！」

顧客への提案資料や進捗《しんちょく》管理ファイルなどは、案件ごとにドキュメント管理サイトで管理しており、サイト作成は申請を受けて情シスが対応していた。岩倉はその申請を忘れていたようだ。

念のため莉名は自身のスケジュールにも入れておくことにした。ＢＢＧでは互いのスケジュールを確認するために、『スカイタイム』というグループウェアを使っている。莉名は明日の自分の予定に『さざなみコーポレーションサイト作成承認状況確認』と入れた。

そのとき、莉名は何かピンと来るものを感じた。

何だろう、今の感覚は。すぐには感覚の正体を突き止められなかった——のだが。

「あっ、まただー。本当嫌になるな。もーう」

隣のさゆりが両手で頭を押さえていた。オーバーリアクションがいつもかわいい。

「どうしたの？」

「開発部の関根さん、来客あるときいつもゲスト入館申請書じゃなくて常時入館証貸与申請書で出してくるんだよなー。これは従業員用だって何回言えばわかるんだ。前にゲストの申請書のフォーマットが壊れちゃって、一時的に常時の方で通してたのが運の尽きだった。ったく」

さゆりは勢いよく椅子《いす》から立ち上がり、「こらー。関根ー」と訂正を求めにいった。親しい相手なら、先輩だろうと呼び捨てにしても許されるのがさゆりだ。

それはそうと、莉名はまたひらめきかけていた。

ゲスト入館申請書の代わりに常時入館証貸与申請書。使えなかったら——代わりに別のもの。

——もしかしたら、そういうこと？

さっきのぼやけた感覚が、鮮明に形を帯びていく。

莉名はある仮説を立てていた。その仮説が正しいなら、佐々本の問い合わせ内容で感じた違和感。何かに脅えた表情。スーパーサイタマとのミーティングに不安そうな様子。すべてに説明がつく。だったら——

ハッと目が覚める。フリーズしていたらしい。傾いた首を元に戻した。

こうしてはいられない。

莉名も勢いよく立ち上がった。

早くしないと若林と佐々本は外出してしまう。その前に伝えないと。

莉名の役目は、何があったか原因を突き止めることではない。何ができるのか、解決策を相手に提示することだ。

ちょうどそのとき、「すいませーん。パソコンの動きが――」と問い合わせが来た。

「ごめんなさい！」

と、莉名は手のひらを前に出し言葉を遮《さえぎ》り、拝むようにしながら言った。

「すぐもどります！　再起動だけ試して、駄目だったら座って待っていてください！」

そして営業部まで走った。


だが、ふたりとも席にいなかった。

焦った様子でやってきた莉名に、「どうしました？」と、近くの席にいた営業部の女性が不思議そうな顔をする。

「あの、若林さんと佐々本さんは……」

「さっき外出しましたよ。急ぎでしたら電話してみましょうか？」

「そうですか……」

一足遅かった。すでに外出済みとなると、第一の策は採れない。

――でも第二の策がある。

「ありがとうございます！　それでしたら、私から連絡入れておきますね」

お礼を言った莉名は席に戻ると、佐々本の社用携帯に電話をかけてみた。だが留守電になってしまったので、会議前にグストを見るようメッセージを入れておいた。気付いてくれるといいのだが。

莉名は佐々本にこう伝えた。

佐々本さん、スクリーンキーボードを使ってください！

7

「蜜石さん、本当に助かりました。僕のパソコン画面を直接映すことになったので、スクリーンキーボードを知らなかったらどうなっていたか……」

佐々本は莉名に深く頭を下げた。「あいかわらず役立ちまくりだねー」と、隣のさゆりが面白そうにこっちを見ている。

「そんな、もうちょっと早く気付ければよかったのですが。佐々本さんのパソコンのキーボード、キーが壊れて利かなくなっていたんですね」

佐々本から来たメールの違和感の数々が、キーが壊れていたのだとしたら説明がつく。

いつもわざわざ「佐々本です」と名乗るのが今回はなかったこと。

「お疲れ様です」がさらに丁重になって「お忙しいところ恐れ入ります」になっていたこと。

いつもなら「させてください」や「ございます」と書くところ文章が簡素だったこと。

サンシャワーと書かずに営業支援ツールと書いていたこと。

サマリー画面を合計金額画面と書いていたこと。

再起動を起動し直しと書いていたこと。

そしてスーパーサイタマとのミーティングと聞いた途端に不安そうな表情を見せたこと。

ここまで重なれば確実だろう。

佐々本のパソコンのキーボードは、「さ」が打てなくなっている。

キーボードの入力方法には、キーに書かれたひらがなを入力するかな入力と、アルファベットで入力するローマ字入力がある。面倒ではあるが、入力方法を都度切り替えれば大体の文字は入力できる。

「さ」が打てないということは、おそらく「A」、「S」、「Z」、「X」辺りのキーが動かなくなっているのだ。隣り合うキーがまとめて故障することは珍しくない。この場合、かな入力でもローマ字入力でも「さ」は打てない。

莉名の回答に対するお礼が、「ありがとうございます」ではなく「感謝いたします」だったのも、「ざ」が打てなかったためかもしれない。もっとも礼儀正しい佐々本のことだ、かしこまったお礼にしただけかもしれないが。

キーボードが壊れたら、パソコンの代替機を渡したり、外付けのキーボードを使うのが手っ取り早い。だが佐々本はすでに外出していた。それなら次の策がある。

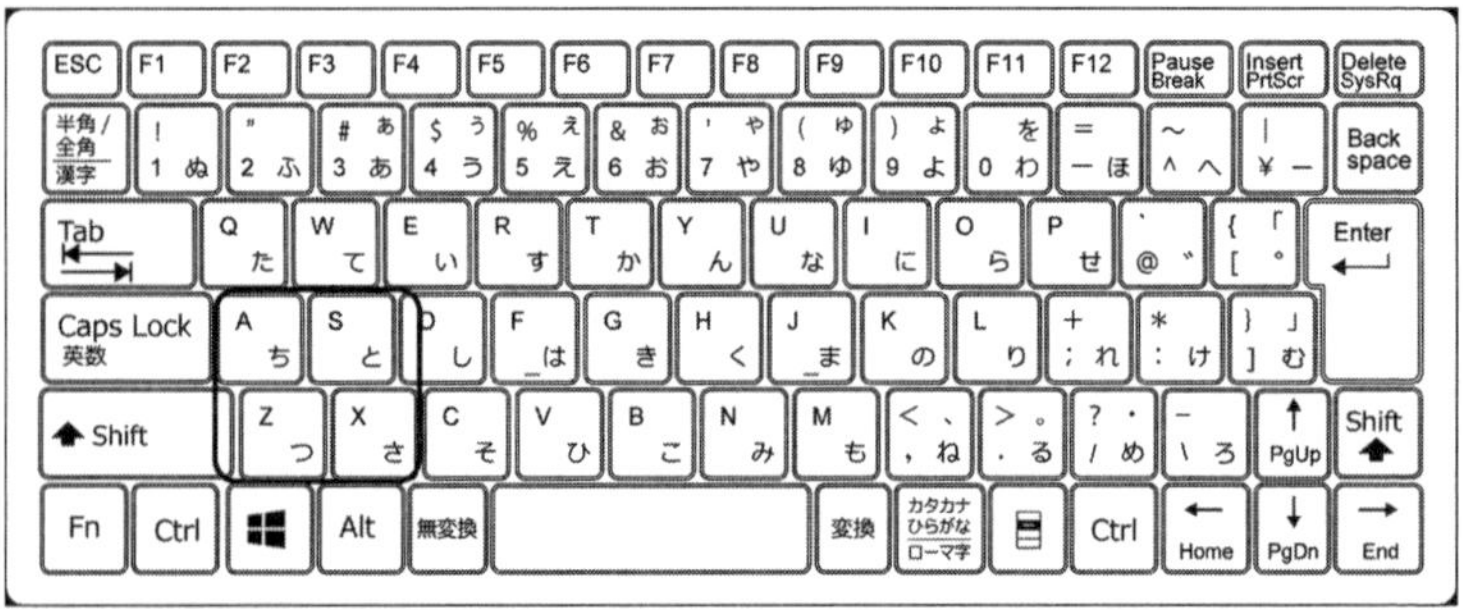

パソコンにはスクリーンキーボードという機能が付いており、画面上にキーボードを表示させることができる。カーソルでキーを押せば文字入力は可能だ。今回のように、キーボードが故障して外付けキーボードもない場合などに役立つ。

莉名はそれを佐々本に伝えたのだった。

8

できることがあれば協力したい。

だから莉名は、佐々本に伝えた。

「佐々本さん、故障のことは若林さんに言った方がいいです。キーボード不良は業務に大きな支障が出ます。不具合が悪化するかもしれませんし、修理が有償になったら、上長から稟議書を出していただくことになりますし……。あの、もし違っていたらごめんなさいなんですけど、キーが壊れたのは若林さんのせいとは限らないです。たまたまこのタイミングで壊れたのかもしれません」

佐々本はおどろいたように、目を大きく開いた。

「どうしてそれを……」

「岩倉さんから聞きました。若林さん、一昨日の明け方まで、出張先のホテルでさざなみコーポレーションさんへの資料を作成していたそうですね。そのとき若林さんは、佐々本さんのパソコンを使っていたのでは？」

一昨日の明け方にＶＰＮ接続の履歴が残っていたのは、佐々本のアカウントだけだった。つまり若林は、佐々本のパソコンを使っていたのだ。

他ユーザーのパソコンを使っての作業は情シスとしては推奨したくないが、佐々本が若林にパソコンを持って相談を持ちかけ、そのまま若林は佐々本のパソコンで作業をしたといったような流れだろう。

そして、佐々本から例の問い合わせが来た。朝になって佐々本は、キーボードの故障に気付いたのだ。

稟議書作成には手間がかかるうえ、故障時の稟議書には、いつ壊れたかを記載する欄がある。若林に稟議書作成を頼むと、若林が使用している間に壊れたと突きつけることになってしまう。

さざなみコーポレーション。

資料作成中、若林は故障することになるキーを何度も叩いたのかもしれない。佐々本も同じことを考えたのかもしれない。

いずれにしろ、部下のために寝る間を惜しんで資料を作成した若林と、そんな若林が故障を招いたと推測されることを怖《おそ》れ、何も言い出せなかった佐々本。

互いのことを思うあまりに生じてしまった、ボタンの掛け違いだったのだ。

佐々本は申し訳なさそうに頭をかいた。

「いや、本当はすぐに報告しなきゃいけなかったのですが……」

「ずっと『さ』を打たずにここまでやってこられたのですか？」

「いいえ。どうしてものときは、適当なサイトから文字をコピーしていました。蜜石さんにグストでご相談したときは、その方法に気付いていませんでした」

「それは大変すぎです……。私も一緒に若林さんのところに説明しに行きましょうか？　修理までの流れを直接説明しちゃいたいですし。この際なので、修理手配まで進めましょう」

莉名がほほ笑むと、佐々本は「すいません」と頭を下げた。

誰もが日々の業務で忙しい。

なかなかユーザーが修理に踏み切れないこともある。莉名としては、大事《おおごと》になる前に修理させてほしいというのも、正直なところだった。


「若林さん。今少しお時間よろしいですか」

莉名と佐々本は、若林の席に行き声をかけた。パソコン画面をジッと見つめていた若林だったが、「ん？」と無表情でこちらを振り向く。

莉名が事情を説明した。

「――ということで今後の流れは、稟議書が承認されたら次に発注手続きを提出していただきます。本来はそれから修理手配をかけるのですが、今回は業務に支障が出ているので、先行して手配しますね。修理前に不具合が悪化した場合は、代替機をお渡しします」

一通り聞き終わると、若林はムスッとしながら言った。

「佐々木、壊れてるなら早く言ってくれよ。それに壊れたのは一昨日の明け方？　俺が壊したかもしれないじゃないか。なのにお前が悩む必要もないだろ」

それだから佐々木は言い出せなかったのだ。気持ちはよくわかる。

「隠してたっていつかはボロが出るぞ。今回は蜜石さんのおかげで助かったけど、先方に作ってもらった時間が、パソコンのせいで無駄な時間になったら申し訳ないだろ」

「そうですね……」

今の若林の言葉は、何気に莉名にもグサリと刺さっていた。

パソコンやシステムは、ユーザーが普通に使える状態が当たり前。本来なら莉名の出番なんてない方がいい。『ユーザーを待たせない』と、何度も叩《たた》き込《こ》まれた大前提を、あらためて意識する。

「まっ、とにかく稟議書は俺が作っておくよ」

「すいません、作成大変なのに」

「そんなの気にするなよ。もっと大変な仕事なんていくらでもある。みんな大変とか言っているけどな、あれ大変じゃなくて――面倒なだけだよ」

「え？」

佐々本がポカンとした表情になる。

珍しく若林が笑った。目尻《めじり》に皺《しわ》が寄り、柔和な顔付きになった。

「それだけだから。次から気を付けな。ちなみにスーパーサイタマの担当、お前のこと気に入ってたみたいだぞ。一生懸命議事録を取ってるところが初々しくてよかったってさ。単にスクリーンキーボードでの入力に手こずってただけなのにな。このままスーパーサイタマ案件は、お前に担当してもらうかもしれない」

「……そうですか」

ややうつむいているが、その目はまっすぐに若林を見ていた。

「そんなに俺の下が嫌かよ。俺も営業職だからもう少し親近感持たれないとな。その点は御子柴を見習わないと。蜜石さん、どうもありがとう」

「いいえ！　うまくいくといいですね、スーパーサイタマさんとの取引」

「せっかく蜜石さんが助けてくれたんだ。絶対契約とろうな」

若林は、佐々本の背中をポンと叩いた。

ようやく佐々本も、笑顔を見せた。

——コミット・コミット。

莉名は心の中で、小さく呟《つぶや》いた。

案件が片付いたとき、莉名がこっそり唱えている言葉である。

コミットはビジネス用語だと『責任』や『約束』という意味だが、IT用語だと一連のデータ処理を『確定させる』という意味になる。二つ合わせたら問題を解決したような意味になるかと思い、莉名が考えた莉名だけの言葉だ。

誰かの助けになりたい。そう思ってはいても、たまに足踏みをしてしまうときがある。だから案件クリアの達成感を忘れないように、自然と手を差し伸べられるように。

莉名が温かい気持ちを心に刻むための、勇気を持つための言葉だった。

ちなみに以前、「コミット・コミット」とつい口に出して言ってしまい、それをさゆりに聞かれたことがある。さゆりいわく、「めでたし、めでたし」と似たような調子で、嚙みしめるように柔らかい言い方だったらしい。

だとしたらその言い方は、あながち間違っていない。

9

「蜜石さん、お疲れ様です」

二日後、莉名は御子柴に声をかけられた。出張から帰ってきたようだ。

前髪を上げて大きく横に分けた、すっきりとした髪型。長身にスーツもバシッと決まっており、センス抜群でいかにも営業部のやり手といった雰囲気だ。

「すいません、話聞きました。佐々本が迷惑かけちゃったみたいで」

「迷惑だなんて、そんな。パソコンが壊れちゃうのは当たり前ですし」

「スーパーサイタマとの交渉はうまく進められそうですよ。若林さんと佐々本、思いの外しっくりきてるみたいです。もし蜜石さんがキーボードのことに気付いてくれなかったら、ふたりはうまくいかず、交渉も失敗していたかもしれません。本当助かりましたよ」

御子柴は営業部の島に目を向けた。

「いやー、それにしても堅物の若林さんとおとなしい佐々本が、か。出張中も佐々本が大丈夫か気になって、何度か連絡したんですよ。『大丈夫』って答えてたけど、あいつ、大丈夫じゃなくてもそう答えそうじゃないですか。実際今回がそうだったわけですし。組んでみてわかることもあるんですね。佐々本と組んでいた俺の立場がないなー」

御子柴はおどけてみせた。

「しかし蜜石さんには営業部一同、お世話になりっぱなしですよ。営業部一同っていうか、BBG全員か」

「そうですよー」と、横からさゆりが口を挟む。

「莉名がいないと何も回らないんだから。ちゃんと感謝してください」

まだまだ半人前の莉名だ。できる仕事も限られている。でも感謝してもらえるのは素直にありがたかった。役に立てていることを実感できる。

役に立つとか助けになるとか、そういうことを莉名は考えすぎなところがある。

『愛想だけで乗り切ろうとしても役立たずは役立たず』

そう言われた経験があるからだった。自信がないから疑う。その分、小さなことでも成し遂げられたらうれしく感じる。

うれしさと、少しの後ろめたさと。引っ張り合う感情で、莉名の笑顔は固まっていた。

――笑顔ならいいかな。この気持ちがバレていないか心配になる。

さゆりの言葉に、御子柴は答えた。

「感謝されたらうれしいですもんね。俺だってそうですもん。だから日頃から、みなさんにも感謝の気持ちは忘れていませんよ。もちろん、関森さんにもです」

「何だよ、そのとってつけたような言い方はー」

不満げなさゆりに、御子柴はわざとらしく困った顔をした。

「そんなつもりないですよ。ねー、蜜石さん？」

突然ふられた莉名は、返事に窮してしまった。

いい返事が浮かばなかっただけではない。のぞきこむような仕草《しぐさ》で目を合わせてきた御子柴に照れてしまったのだ。そんな自分におどろく。

「莉名を困らせるな！」と、さゆりはますます顔をしかめて、御子柴をにらみつける。

三人の笑い声があがった。

ドキドキしている莉名は内心、気が気ではない。

「では、これからもよろしくお願いします」

さわやかにきびすを返すと、御子柴は席に戻っていった。

さすが成績急上昇中の営業マンなだけある。そんな御子柴を目で追っていた莉名は――

「おーい、莉名ちゃーん」

さゆりから肩を叩かれて気が付いた。フリーズしていたらしい。

「どのタイミングで首を傾けてるんだよ……って、あっ！」

さゆりが目を大きく開けた。そして童顔にいたずらっ子のような表情を見せ、キーボードでグストに何か書き込み始めた。

莉名のパソコンに通知が来る。目の前のさゆりからだ。

ふたりしか見られないダイレクトメッセージである。

御子柴さん、彼女いないみたいだからチャンスだよ！

何か勘違いされている気がする……。莉名はすぐにメッセージを打ち返した。

誰もそんなこと聞いてないよ。

怒った顔の絵文字を付け加えることを忘れない。

レス早っ！　ずいぶんムキになっていらっしゃいますね～。

莉名はキッと隣のさゆりをにらみつけた。さゆりは手の甲をほほに向け、オホホと笑った。

10

また数日後。この日は全社ミーティングの日だった。

オフィスにスクリーンを設置し、プロジェクタでパソコンの画面を投影し、各部署が進捗を発表する。パソコン、プロジェクタ、スクリーン、発表用のマイク、録画用のビデオカメラなど、すべて莉名が一人で準備する。

この日は営業部からの発表だった。

前に出てきたのは、緊張した表情の佐々本だった。発表するのは初めてのはずだ。

「このたび、スーパーサイタマとの契約が決まりました」

オフィス内が拍手の音でつつまれる。

「スーパーサイタマは埼玉《さいたま》に本社があり、主に北関東圏を中心に五十店舗展開しているスーパーマーケットです。ずっと保留案件となっていたのですが、先日若林さんが別の会社のパーティーに参加した際、スーパーサイタマの取締役の方にお目にかかり、ここまで話が進みました。関連会社に家電量販店や百円ショップもございますので、そちらにも商機があると考えております。今後当社の製品をより展開していただけるよう、引き続き関係構築に努《つと》めて参ります」

佐々本が頭を下げた。

関連会社との取引も進められたら、さらにBBG取り扱い店舗は広がる。こうしてどんどん希望が広がっていくことが、モチベーションにもつながるのだろう。

顔を上げた佐々本の精悍《せいかん》な表情からは、それがわかる。

「そして、急ピッチでの契約締結にご協力いただいた関係各所にも、あらためてお礼を申し上げます。オリジナル商品案を急いで用意してくださった企画部、イレギュラーなスケジュールでサンプル品を作製してくださった開発部、配布資料をスーパーサイタマ用に更新してくださった広報部、その他大勢のみなさま、本当にありがとうございます！」

——まあ、いつものことだ。

マイク音量やプロジェクタ映像の乱れに注意しながら、莉名は思った。

こういうときに情シスの名前は挙がらない。顧客はおろか、BBGの商品に直接関わることもない情シスは日陰《ひかげ》の業務だ。

いけない。気持ちをあらためる。

いいじゃないか。日向も日陰も心地いいのはその時々。たまに日向に出たならば、誰よりもその暖かさを噛みしめられるだろう。

最後にもう一度頭を下げる佐々本に、再び拍手が送られる。

莉名も心から佐々本の活躍をうれしく思った。自然と拍手を送っていた。

莉名とさゆりがランチから戻ってくると、

「佐々本がお礼を言い忘れていたので、こちらどうぞ！富岡《とみおか》さんの東北出張土産です。いつもありがとうございます！

そう書かれたメモと、仙台名物『萩《はぎ》の月《つき》』が、ふたりのデスクの上に置いてあった。

富岡は営業部メンバーだが、これを置いたのは誰だろうか。メモに名前は書いてない。ちなみにメモはＢＢＧの商品『言づてくん』だ。

「この丸っこくてかわいらしい字は御子柴さんだな。知ってる？　あの人、俺は文具メーカー社員だからって、最近ペン習字を習い始めたんだよ。でもこの字を見る限り、まだ効果は出てないなー。ってかかわいい文字のままでいいのに」

さゆりがメモを見ておかしそうに笑った。さすが総務、手書きの書類を見たりするのか、筆跡を把握しているようだ。

筆記具を扱うからには綺麗な字を――か。

いつも出張とかで忙しそうなのに、素敵な心持ちである。

そのとき莉名は、ふと何かを思い出しそうになった。

御子柴と出張。出張のことで御子柴が面白い言い方をされていたというか、妙な噂《うわさ》を立てられていた気がする。

何だっただろうか。結局思い出すことはできず、疑問は莉名の頭を抜けていった。

ふと気付くと、さゆりがにやにやしながら莉名の袖《そで》を引っ張っている。

「ねーねー、御子柴さんだよー」

と、わざとらしく繰り返す。

——だから何だって言うの。

さゆりは「でもさ」と笑みを浮かべながら言った。

「御子柴さん、やるなー。そうだよ、情シスとか総務も頑張ってるっつーの。縁の下でやっていけてるうちらは、絶対力持ちなはず！　ということで、私が莉名をほめてあげよう」

小柄《こがら》なさゆりが手を上に伸ばし、莉名の頭をポンポンと叩いた。

損な役回りとまでは思わないが、たまに寂《さび》しく感じるときもある。そんな気持ちをさゆりが溶かしてくれる。

「ありがとう。じゃあ私もさゆりのこと」

今度は莉名がさゆりの頭を叩いた。

「うわー、何かうちら、ふたりきりでほめ合ってキツくない？」

さゆりの言葉にふたりで笑い合った。キツくないし、やっぱり寂しくもない。

声をかけてくれる仲間がいるありがたさ。

できることを着実にやっていこう。

——困ったときは再起動しましょう。

そんなちょっとした心がけで、気持ちはフッと軽くなる。

また次につなげていこうと頑張れる。点を線にしようとする心がけも大事なはず。
心の中にある、自分だけの再起動ボタン。
――いざという時の大切なボタン。
莉名はそっと、それに触れてみた。

チケットNO.2

パスワードは推測されにくく、人間関係は推測しやすいと助かります

1

やりづらそうな人だ……。

横に座る、長身で威圧的なスーツ姿の女性を前に、莉名は内心焦っていた。

「業務委託でBBGの情シス業務に入っている、蜜石莉名と申します」

そんな気持ちを隠して挨拶《あいさつ》する。

「お願いします。本日からお世話になる派遣社員の戸村《とむら》です」

莉名が頭を下げると、戸村歩美《あゆみ》も同じく頭を下げた。

三十代半《なか》ばくらいか。表情に乏しく笑顔がない。ムスッとしているようにも見える。曖昧《あいまい》な説明でもしようものなら、思いっきり突っ込まれそうだ。心配が止まらない。ヘビに睨《にら》まれたカエルってこういうことだろうか。待て、初対面の相手をいきなりヘビ扱いするなんて失礼だ。

平静を装いつつ、莉名は説明を始めた。

「社内システムの紹介や使い方などBBG独自の運用ルールから、パソコン持ち運びの注意点やセキュリティ面など一般的な説明まで、一通りお話しさせていただきます」

莉名の業務の一つである入社時オリエンテーションだった。従業員の入社初日にIT周辺のことについて説明する。

「戸村さんはデザイン部所属となりますが、以前にＷＥＢデザイナーのサポートをしていらしたそうですね。パソコンには慣れているんですね」

「はい、得意にしてますが、一応聞いておきます」

戸村はツンとした表情で言った。一応、か。

「デザイナーさんの元でＣｒｅａｔｉｖｅ Ｃｌｏｕｄ、ＰｈｏｔｏｓｈｏｐやＬｉｇｈｔｒｏｏｍ、Ａｃｒｏｂａｔ Ｐｒｏ、Ｗｏｒｄ、Ｅｘｃｅｌなんかを毎日使用していました。大丈夫かと思います」

ずらずらとソフトウェアの名前を連ねてきた。

「なるほど、Ａｄｏｂｅ製品やＯｆｆｉｃｅも一通り大丈夫ということですね」

「そうですね」

「それなら退屈かもしれませんが、どうぞよろしくお願いいたします」

オリエンテーションは基本的な説明が多いので、ＩＴ周りに詳しい人にとっては退屈となる。ただ年に数度の内部監査の際、社内細則に基づき従業員へのセキュリティ教育がされていると回答するためには必要な業務だ。

――ちゃんと説明しないと。

オリエン資料に沿って莉名は話を進める。まずはシステムのログイン確認だった。

「これから各種システムに初回ログインしていただきます。ログイン後パスワード変更を求められるので、今後お使いになるパスワードに変更してください」

「基本ですね。できます、やってみます」

戸村はすました表情で、簡潔に答えた。

「パスワードは大文字、小文字、数字、記号のうち三つを使って十二文字以上で設定してください。わかりやすくフレーズにして、小文字のLやOを数字の1や0にしたりすると取り入れやすいですよ。例えばそうですね、『love』を『10ve』にするとか――」

「そうですよね。わかります」

莉名が言い終わらないうちに戸村は返事をした。初歩的な内容で面倒なのだろう。

ログイン確認が終わった後も、淡々と説明を進める。莉名も楽は楽である。

「――パソコンを外に持ち出す場合は、サイトがあるのでその都度そこに記載してください。持ち出すときと持ち帰ったとき、二回記載が必要ですので忘れないように――」

「当然ですね。できます、やってみます」

「――ファイルをローカルに置くのも避けてくださいね。ローカルはわかりますか？　このパソコン内ということです。サーバー内にある個人用フォルダに保存しておけば、万が一削除してしまっても復旧できます。こう、ボーッとしててうっかり削除してしまうこともありますから。私もあるのですが」

莉名は冗談交じりに言ってみた。

しかし「そうですか」と、返事は素《そ》っ気《け》ない。

莉名が覚悟を決めて繰り出した冗談は、宙に浮いてそのまま消えた。

ああ、冗談なんて交えなければよかった。後悔が押し寄せる。

パソコンをジッと見続けていた戸村が、バッと手を挙げた。

「質問いいですか！」

「は、はい！　何でしょう」

平静を装っている莉名だが、内心は心臓がバクバクである。

「システムのヘルプページはありますか。詳細はヘルプ見ればわかるので」

「はい、ちょうど今から説明を……。た、頼もしいですね。ヘルプを見てもよくわからない、という方も多いので」

「見ればできます、理解してやってみます」

この人は周りとうまくやっていけるだろうか。心配になってくる。

戸村が配属されるデザイン部には、入栄美由《いりえみゆ》という今年新卒で入社した社員がいる。戸村はデザイン制作ソフトの使用経験が豊富でパソコン全般にも詳しいため、入栄と二人一組で業務を進める予定らしい。そして入栄はおとなしいタイプだ。

ふたりの相性……大丈夫だろうか。

「もう一つ質問いいですか――」

射貫《いぬ》くような鋭い視線を向けられる。

真面目さの表れというだけならよいのだが、怖い。

――この人、苦手だ。

脅える莉名をよそに、戸村の手は何度も挙がった。

そして戸村が笑顔を見せることは、最後まで一度もなかった。

「今日お伝えしたことは、全部覚えなくても大丈夫ですよ。こういうのがあるって何となくわかってもらえれば、後は実務で段々覚えていきますから」

毎回、オリエンで伝えている言葉だった。

駆け足での説明になるので、不安にさせないためである。

来たばかりの職場は誰でも不安だから、気を使いすぎるくらいでいいと思うからだ。

「ですよね」と戸村はうなずくだけだった。伝わっているのかよくわからない。

最後に締めの質問をする。

「他に何か質問はありますか？　大丈夫そうですか？」

「ありません。できます、やってみます」

正直、ホッとした。

2

戸村が入社して数日後。

「蜜石さん、お忙しいところすいません。今いいですか？」

ノートパソコンを持った入栄美由が声をかけてきた。くりっとした目に緩《ゆる》やかなパーマの茶髪で、小動物のようなかわいらしさがある。かわいいピンクのマスク越しに聞こえてくる声も小さく、控《ひか》えめな印象だ。

「はい、大丈夫ですよ」

莉名はにこやかに笑った。入栄はパソコン画面を莉名に見せながら、

「Ｅｘｃｅｌなのですが、別のファイルからデータを持ってきたいんです。このファイルのこの列に入っている商品の横に、この別データで対応している数値を入れたくて……。ごめんなさい、説明がわかりづらくて」

「そんなことないですよ。それならＶＬＯＯＫＵＰ関数があるので――」

莉名は入栄のパソコンを借りて、サッと作業してみせた。

画面横にカラフルな付箋《ふせん》がたくさん貼《は》ってある。ＢＢＧの商品である『タイム・イズ・タグ』だった。付箋紙の角に時間記入欄があるので、パソコン画面の横に貼っておけば一日のスケジュールを常にチェックできる。

「わーっ、ＶＬＯＯＫＵＰって面白い機能ですね。ありがとうございます！」

入栄はうれしそうに笑顔を見せた。

莉名までうれしくなる。『便利』より前に『面白い』と表現できる純粋さ。こういう好奇心を持って仕事をしたい。

「また質問させてもらうときは、よろしくお願いいたします。それにしてもＶＬＯＯＫＵＰって……。コスメのブランド名みたい」

莉名は吹き出してしまった。

「あっ、くだらないこと言ってすいませんです」

笑顔で戻ろうとする入栄に、さゆりが声をかける。

「入栄ちゃん。終わったらちゃんと『蜜石さん、最近どう？』ってきかないと」

そう言ってマスクをずらし、パクッとイチゴ味のチョコを口にほおばった。

「いちいち強要しなくていいよ」

すかさず莉名が止めた。入栄は目を細めながら、口に手を当てて笑った。

このつつましい入栄と気の強そうな戸村は、うまくやっているのだろうか。


莉名は今の問い合わせ内容をチケット管理の『カルタ』に入力するとともに、自分で持っているテキストファイルにも記載した。ファイル名は『莉名ックス』。名前からわかるように、あくまで莉名個人のメモ書きだ。

名前はリナックスというOSのもじりだ。OSとはオペレーティングシステムの略でパソコンや携帯電話の基本システムのことで、ＷｉｎｄｏｗｓやｉＰｈｏｎｅのｉＯＳもＯＳである。なのでファイルに『莉名ックス』と名付けるのは厳密にはおかしいのだが、莉名は気に入っている。

名前一つでファイルが愛《いと》しく思える。もっと内容を充実させたくなるから不思議だ。
・デザイン部入栄さん。ＶＬＯＯＫＵＰ関数を案内。Ｅｘｃｅｌそこまで詳しくない？　まだまだ私も好奇心を持つ!

ラフな書きぶりだが、莉名はBBGに来てからこれをずっと続けている。この人はこれ系の質問が多いとか、この人のこういうところを見習いたいとか、細かくサポートができるし相手のいい面も見つけられる。行きつけの美容院で、美容師が書いていたカルテから思い付いたものである。

情報蓄積と言えばそれまでだ。

だが積み重ねているのはナレッジだけではない。

『莉名ックス』はもっと温かいサポートをするため、そして自身の気持ちを振り返るための大事な記録だった。


その日の午後。

「蜜石さん」と、またもや入栄が問い合わせに来た。

「たびたびすいません。二つのウィンドウを同時にスクリーンショット撮ることってできますか? Altキーを押しながらスクリーンショットを撮れば、選択中のウィンドウだけ撮れることはわかるのですが」

「それならSnipping Toolという機能を使うか、Windows+Shift+Sを同時押しすれば、画面上の好きな部分を自由に撮れるので、ウィンドウを二つ並べて撮ってください」

莉名は自分のパソコンで実演してみせた。

「うわー、すごいですね！」

こうも毎回気持ちよく感動してくれると、教える側も気分がいい。

「ありがとうございました！　ついでにもう一ついいですか？　お時間大丈夫ですか？」

「もちろんです」

いろいろ質問がたまっているようだ。

「デザインの外注先でNWEさんっているんですけど、ExcelでNWEと入力すると、勝手にNEWになってしまうんです。何でですかね？」

入栄はExcelで入力してみせた。

「あー、これですね。Excelのオートコレクト機能っていうんですけど、今回だとNWEと入力したらNEWを間違って入力したのだろうとみなされて、勝手に修正されちゃうんです。オプションで無効にしておきましょう」

莉名はオートコレクト機能をオフにした。すぐにNWEと入力できるようになった。

「うわー、感動です！　ありがとうございました！」

入栄のパソコンを見たとき、莉名はあることに気付いた。

「いいえ。あっ、入栄さん。ダウンロードしたファイルがデスクトップに置いてありますね。ローカルには置かない方がいいので、手が空いたらサーバーの個人フォルダに移動しておいてくださいね」

「あっ、そうでした。すいません」

入栄は握《にぎ》り拳《こぶし》で、こつんと自分の頭を叩いた。

席に戻る入栄を見送る。ふと戸村のことが頭をよぎる。

ファイルをローカルに置かないことは、この間戸村にも説明した。戸村は入栄に指摘しなかったのだろうか。

そして疑問はもう一つあった。

入栄からの問い合わせは今日だけで計三件。一人からの問い合わせとしてはやや多い。これまで入栄は、グストで質問してくることが多かった。今回は三件とも口頭だ。

質問内容を周りに知られたくない？　部署メンバーに隠していることがある？　戸村との関係を心配していると、いろいろと想像してしまう。

そんなことを考えていたら、メールを受信した。

グストはあくまでも社内でのコミュニケーション用であり、外部の人間とはメールでのやり取りとなる。つまり社内メンバーとメールでのやり取りはあまりない。

だがメールの差出人は、入栄だった。


文字と文字の間に後から文字を割り込ませて入力しようとすると、後ろの文字が消えてしまいます。

何か変な設定をしてしまったのでしょうか？

ご確認よろしくお願いします。

四件目、しかも珍しくメールでの問い合わせ。

入栄の席に目を向ける。こういうときにワンフロアのオフィスは便利だ。何かあったらすぐに声をかけにいける。

すると入栄も、莉名の方を向いていた。

目が合ったのに気付くと、入栄は気まずそうにパソコン画面に視線を移した。隣の席の戸村は、涼しい顔でパソコン画面を眺《なが》めている。

やはり入栄は戸村と、うまく関係を築けていない気がする。この間の営業部の一件のようなこともある、ふたりの関係がまた心配になった。

キーボード右上にＩｎｓｅｒｔと書かれたキーがあるので押してみてください。それで改善されると思います。よろしくお願いいたします。

回答は投げたものの、もやもやした気持ちは残ったままだった。

戸村はあえて入栄に何も教えないことで、入栄を蹴落《けお》とそうとしているのだろうか。そうすれば相対的に戸村の評価があがる。

そんな人がいるのか。そんなことがあるのか——あるのだ。

周囲の人間がどれだけ残酷か。それは時に想像を遥《はる》かに超える。

『頑張ってチャレンジしてみなよ。蜜石さんなら乗り越えられると思う。期待しているよ』

あのとき仕事を割り当てられた莉名は、「わかりました」と返事をしたものの、心に引っかかりを覚えた。にやついたその顔に、含意があるように思えたからだった。

莉名の勘繰りは正解だった。

何をすればいいかわからず、相談する相手もおらず、結局莉名はギブアップせざるをえなかった。

指示を出したメンバーに説明した。

『すいません、どうしてもわからなくて』

——知らないよ。

『お願いします、何とか教えてもらえませんか』

——自分でやるって言ったんだから、自分で何とかしろよ。

『でも、本当にどうすればいいかわからないのです』

——ギブアップ？

『はい』

——オッケー！　賭《か》けは俺の勝ち。

信じられない言葉が聞こえた。莉名の挑戦は、賭けの対象になっていたのだ。話を持ちかけられたとき期待されたのは、莉名の失敗だった。

部屋を出て泣き崩れた。

そのときの経験もあり、莉名は今でも心のどこかで思っている――理不尽さを感じたときには、もうどうにもならないと。弱いのだろうか。

誰にも話せないとか、助けを求めている人をそのままにするなんて、絶対にそんなのあってはならない。あってはならない。あっては――

頭がいっぱいになった莉名は、思わず立ち上がった。顔が強張《こわば》っているのが自分でわかる。

入栄の元へ行こうとした――が、席にいなかった。大きく息を吐《は》いて落ち着く。

まさか。そんなことあってたまるか。

莉名は首を横に振った。憶測で変なことを考えるのはやめよう。

いまだにひどい想像を巡らす自分が嫌だった。

3

その時々で気にしている人とは、オフィスで鉢合わせする回数が多くなる。莉名の中であるあるだ。

最近はまっているルイボスティーを入れに給湯室に行くと、戸村と広報部の派遣社員が話していた。ＢＢＧでは数名の派遣社員が勤務しているが、すべて同じ会社から派遣されてきている。その関係で仲良くなったのかもしれない。

戸村は莉名に向けたような仏頂面ではなく、やわらかい笑顔を見せていた。何だか意外だ。

広報部の派遣社員が莉名と入れ替わりで戻っていき、莉名と戸村は二人きりになった。

「お疲れ様です」

莉名があいさつをすると、戸村も「お疲れ様です」と、笑みを浮かべて頭を下げた。

初めて笑顔を向けられた気がする。だがその目は笑っていない——と思ったのは、莉名が変な勘繰りをしているからそう見えるだけだろうか。

気まずさを覚えた莉名は、戸村に話しかけた。謎《なぞ》の気遣いである。

「お仕事、慣れましたか？」

「いいえ、まだまだ全然です。でもできます、やってみます——」

あの口癖《くちぐせ》がピリオド代わりになり、それっきりだ。会話が続かない。

莉名はあたふたしながら話題を振った。何を焦っているのだろう。

「戸村さん、パソコンやデザイン系のソフトお詳しいんですよね。私より詳しいかも」

謙遜《けんそん》でも何でもない。実際莉名は、ユーザーから教えられることもまだまだ多い。

しかし戸村は莉名から視線をそらし、

「いえ、私はあくまでもデザイナーさんのサポートだけでしたから」

とだけ答えた。

そして「失礼します」と頭を下げ、足早に給湯室を出ていった。

——私、嫌われている？　オリエンテーションのときに失礼なことを言った？

戸村の背中を目で追いながら、莉名は不安になった。

莉名は嫌われることに敏感だった。

嫌われるのが怖い。そして実際に嫌われたときのつらさも忘れられない。

さっきの様子を見ていると、戸村は周りとうまくやっていくのが苦手なタイプには見えなかった。だからこそなおさら、莉名の方に何か原因があったのではと考える。

入栄からの問い合わせはあいかわらずメールで来た。

Wordファイルに添付でファイルを貼り付《は》け《つ》たいのですができますでしょうか？

貼ろうとしたファイルの内容がそのまま載ってしまいました。

ご確認よろしくお願いします。

不思議に思いながらも回答する。

挿入でオブジェクトを選択しますが、その際に「アイコンで貼り付ける」を選択してください。

一息ついていると、また別件で入栄からメールが来ていた。

急にサイトが見られなくなってしまいました。フォルダも見られません。Ｗｉ－Ｆｉのところを見たら「機内モード」となっています。押しても戻らないのですが直りますでしょうか。よろしくお願いいたします。

口頭で説明しに行ってみようかとも思ったけど、出しゃばりすぎな気がしてできなかった。

パソコンの手前側面にワイヤレススイッチがあります。そこを何かでＯＮにしちゃっただけだと思うので確認してみてください。ＯＮになっていたらＯＦＦにすれば直ります。

直近の問い合わせ記録は、入栄からのものでいっぱいだった。あいかわらず口頭やメールでの問い合わせが多い。誰でも投稿を見られるグストを使うことが不都合なのだろうか。

またこの間と同じことを考えてしまう。

莉名はヘルプデスク要員である。すべきことは入栄の悩みを解決することだ。

ただし悩みはＩＴ周りのことにかぎる――

そうなのだろうが、それでいいのだろうか。

その日は急な対応が入り、莉名も少し残業となった。

デザイン部の近くを通ると、戸村はすでに退勤したようだが、入栄はまだパソコンとにらめっこしていた。大きくて綺麗な目をしばたたかせている。

こんな真面目な子が理不尽な目にあっていたら。そう考えたら居ても立ってもいられなくなり、思わず莉名は声をかけていた。

「入栄さん、お疲れ様です」

「あっ、蜜石さん」と顔を上げた入栄の顔は、疲れているように見えた。

「最近大丈夫ですか？　質問たくさんもらってるから気になって」

入栄はすまなそうに目を細めた。

「いつもすいません、お手をわずらわせちゃって」

「あっ、そういう意味ではなく……」

入栄のデスクの上にはスマートフォンが置いてあった。男性アイドルのストラップを付けている。

莉名が目を向けているのに気付いたのか、

「知ってますか？」

と、入栄はストラップを手に取り目を輝かせた。

「スパイシアというアイドルグループの推しメン、四ノ宮《しのみや》くんです。イメージカラーは白！　決めぜりふは『お前らラブいぜ！』です。四ノ宮しか勝たん！」

入栄は突然目を輝かせて、聞いたことのない早口で説明してきた。さっきまでの疲れた顔が消えた。推しメンパワー恐るべし。

スパイシアについての説明は続いた。莉名は何と返したらいいかわからず「なるほど……」と困惑気味に答えるしかなかった。それ相応のテンションで答えられれば一番だろうが、なかなかうまくいかない。

もっとうまく返事できれば。莉名がいつも考えていることであった。

円滑な会話が進む想像は、泡《あわ》のように消える。

そして結局、肝心なことも聞けずじまいだった。

入栄は無理していないだろうか。今の笑顔を見てもやはり不安だった。

4

あっという間に今週も終わり、金曜日になった。

今日は『ヴィーナス会』の日である。

莉名は定時の十八時に勤務を終えられたので、先に一階に下りて待っていた。

ビル一階の小さなエントランスにある椅子に座っていると、話し声とともに階段を降りてくる音がした。

階段に目を向けた。だが降りてきたのは、待っているふたりではなかった。

莉名は目を見張った。それは戸村と入栄だった。

楽しそうに盛り上がっている。たまたまタイミングが重なって一緒に降りてきたというよりは、話が途切れなくて一緒に降りてきたような印象だ。

ふたりとも莉名に気付いた。

「あ、蜜石さん。お疲れ様です」

そう言って入栄が頭を下げると、戸村も一緒に「お先に失礼いたします」と笑顔のまま頭を下げた。「お疲れ様でした」と、莉名もあわてて頭を下げた。

ふたりは楽しそうに笑い合いながら、ビルを出ていった。

突然の思いがけない光景に、莉名は混乱していた。

ふたりは仲がいいのだ。戸村は周囲とうまくやっているのだ——莉名を除いて。

少し傷付いている自分がいる。ふたりが出ていった先を眺めた。ビル前の道路を、自動車がめまぐるしく通り過ぎていく。

誰からも特別に好かれない代わりに、嫌われもしないと思っていた。

よく言えば、落ち着いて波風立てないタイプ。悪く言えば無難で面白みがない。

誰かの役に立ちたい。そして嫌な思いもさせたくない。そう思う莉名だが、それは傲慢《ごうまん》だろうか。だとしたらその傲慢さが人によっては不愉快ではないだろうか——

いつの間にか莉名はフリーズしていた。

「あっ、いたいたー。またボーッとしてるのー。首が傾いてるよ」

さゆりの声でハッと我に返る。階段に目を向けると、さゆりが手を振っていた。

「莉名ちゃんお待たせー」

その横で、鈴も莉名に笑顔を向ける。

莉名の待ち人、さゆりと鈴がようやく降りてきた。身長差二十センチのでこぼこコンビだ。

コツコツとヒールの音がしているのは、鈴が階段を降りる音である。ネイビーのニットに、マスクとスカートはグレーで色を合わせている。これがマスクコーデというのだろう。いつ見てもオシャレだなあと思う。

キャップにパーカーとこちらはいつものさゆりが、ひじで鈴を小突きながら言った。

「ごめんよ待たせちゃって。私は残業でだけど、鈴はお化粧直しで莉名を待たせたんだよ」

「だってだってー。ちゃんと直さないと気になって、話に集中できないんだよ」

鈴は莉名に向かって、拝むように手を合わせた。

そんな鈴に、さゆりがからかうように言った。

「さすがヴィーナス会のオシャレ美容番長！　でも女三人飲むだけで、何を気取るのさ」

「違うの。いつでもちゃんとした私を、って気持ちが大切なの。見た目も心もメイクするの。メイクした私が本当の私なの」

「何だよ、そのキャッチコピーみたいなのは」

鈴はモデルのような長身で、さらにヒールを履いているので、さゆりも莉名も鈴と話すときはいつも見上げるような形になる。

綺麗な顔立ちに、ばっちり直したてのメイクが映えていた。莉名とさゆりはここまでは気にしない。

鈴は広報部に所属している。莉名とさゆりより二つ年上の二十八歳だ。

広報部なだけあって社外との仕事も多く、内勤の莉名とさゆりに比べていつも華やかな格好をしている。社歴も三人の中では一番長いが、莉名とさゆりとは気兼ねない仲だった。三人兄弟の一番下のため末っ子気質があり、社歴も年齢も意に介さず、ヴィーナス会でも末っ子キャラのような立ち位置である。

「莉名ちゃん、ごめんね。でもココ・シャネルがこう言っているの。『どこへ出かけるときでも、おしゃれをしたり、化粧したりするのを忘れないようにね。最良の人に、いつどこで逢《あ》うかわからないから』って。だからなの」

鈴は有名人の名言が好きで、こうして話の中で引用してくる。名言は力をくれるらしい。どれだけ頭にストックがあるかは知らないけど、すごい暗記力だと思う。

「ははは。大丈夫だから気にしないで」

莉名はほほ笑んだ。

「それじゃ行こうか。レッツゴー」

さゆりのかけ声で三人でビルを出た。

今日の会場は八丁堀駅からＢＢＧとは反対方向、新富町駅方面に十分ほど歩いたところにある創作居酒屋『ねんじ』だ。

店頭には毛筆書体で力強く書かれた『換気ばっちりです』の看板。初めはこの種の看板や、虹《にじ》が描かれた感染防止徹底宣言ステッカーに違和感があったが、今やすっかりおなじみとなった。

中に入るとカウンター五席、四人がけのテーブルが二つあるだけの小さなお店だった。ご主人がひとりで切り盛りしている。

テーブルにつくとまずはビールを頼んだ。

「かんぱーい」

三人でグラスを合わせた。カチャン、という音が一週間の仕事終わりを告げる合図だ。

「一週間終わったー」

さゆりがビールをグイッといけば、

「もーう今週は疲れたー。これ以上働けない」

と、鈴も負けじとグラスをあおった。

莉名とさゆりと鈴の三人は、『ヴィーナス会』という集まりを不定期で開催している。金曜日の会社帰り、気になったお店に食事に行く会だ。元々さゆりと鈴があちこち食事に行っていたところに、さゆりと仲良くなった莉名が入った。

初めは莉名の『り』、さゆりの『さ』、鈴の『す』の文字を取って『りさす会』という微妙な名前だったが、さゆりの一存で似た語感のヴィーナスとなった。ヴィーナス=女神。ずいぶん大きく出たものである。

正直なところ、莉名はこの名前が恥ずかしい。

さゆりが予約時に団体名をヴィーナス会と告げ、店に着いたら「ヴィーナス会の皆さま、ご来店でーす！」と何度も叫ばれたときは、顔から火が噴《ふ》き出《で》る思いだった。

なおヴィーナス会だと、莉名の『りな』と鈴の『す』だけでそれっぽい語感となり、さゆりの『さ』が外れてしまうのだが、そこにツッコむのはヴィーナス会会則その一により禁止されている。

ヴィーナス会会則、その一。

――『莉名と鈴の間にさゆりがいることを忘れるな』。

でも、さゆりみたいな元気なキャラを忘れるわけなどない。

「莉名ちゃん、最近どう？」

鈴の質問に莉名は「元気です！」と答えた。「オッケー」と鈴が笑って返す。

莉名もビールをグイッと喉《のど》に流し込んだ。季節を問わず、キンキンに冷えたビールが喉を流れる瞬間はこのうえなくしあわせだ。

「忙しかったなー。もうすぐ懇親会あるでしょ？　あれの計画で毎日ミーティング。もう本当に勘弁だよ」

鈴が愚痴《ぐち》をこぼした。

「社内ざわついているもんね。そういや鈴、アプリの方はうまくいってるの？」

「そっちもぜんぜーん。メッセージも途中で途絶えちゃうし。せっかく莉名ちゃんがいい写真を撮ってくれたのにね。まずは見た目から。これ原則！」

「そうなのかー。どいつもこいつも見る目ないなー」

大きな鳥の唐揚げにかぶりつきながら、さゆりは言った。

「もっといい写真撮れないか、そのうち調べてみようか？」

莉名の言葉に、「いいの？　さすが莉名ちゃん！」と、鈴は目を輝かせた。

鈴はマッチングアプリに夢中だ。何でもマッチングには、映りのいい写真を用意するのがマストらしく、顔写真用のアプリを莉名が調べて教えた。特段アプリに詳しいわけでもないのだが、こういうときに頼りにされるのが情シスである。

ただそれがきっかけでこうして鈴と仲良くなれた。さゆりを介した出会いだったので、初めはお互いよそよそしかったのだ。

「この間読んだ雑誌で、それ用の写真の撮り方特集やってたよ。みんなやってるんだね」

そこにさゆりが口を挟んだ。

「オシャレ美容番長なんだから、鈴が自分で撮ればいいのに」

「さゆちゃん違うの。最大限の私にＩＴの力でドーピングしてくれる莉名ちゃんが私には必要なの」

鈴は莉名とさゆりをそれぞれ、莉名ちゃん、さゆちゃんとちゃん付けで呼ぶ。妹がお姉ちゃんを慕《した》うような言い方だ。

「ドーピングって。それでいいのかよ鈴は。ま、消去法で選ばれたオシャレ美容番長だからそんなもんか」

前にヴィーナス会のオシャレ美容番長は誰かという話になったとき、莉名とさゆりがそこまで気を使わないから、あっさり鈴に決まった。

実際は社内でも鈴はオシャレな方だと思うし、さゆりも本心ではわかっているだろうけど、こうしてからかわれている。

「ちょっとひどいよ！」

鈴の嘆きに、莉名とさゆりの笑い声が上がった。

「莉名ちゃんもアプリやってみればいいのに。モテそうだけどね」

「うーん、私はいいかな」

莉名はためらってしまう。マッチングアプリだなんて、鈴が怪しげなことを始めたと心配していたが、その感覚はもう古いらしい。世間は知らないことだらけだ。そもそもマッチングって何だろうか。

「ま、気が向いたら登録してみなよ。私も気長に出会いを待つんだー。それはそうとふたりの近況はどうなの？　仕事忙しい？」

「私はいつも通り。仕事はまあ普通」

さゆりがビールを飲みながら言った。

仕事に対する言及はサラッと流すのがさゆりらしい。毎日動き回って大変なのに。

「もさおくんとは？」

「だらけきった間柄《あいだがら》だね」

さゆりはもさおくんという、長年付き合っている彼氏と同棲《どうせい》している。もさおくんというのは、髪がもさもさしているから付けられたあだ名だそうだ。

しばらく恋人がいない莉名は、そんなもさおくんとさゆりの関係がうらやましい。だらけきった間柄ということは、本当に安心し合える関係なのではと思うからだ。

「莉名ちゃんは？」

「そうだね、私もいつも通りってところかな。そこそこの忙しさだよ」

「そこそこの捉《とら》え方がおかしいぞ。どれだけタフなの？」

さゆりは呆《あき》れ顔《がお》で莉名に言った。

「横で見てるけど明らかに忙しいでしょ。そういやさ、最近入栄ちゃんよく来るよね」

さゆりも莉名と同じことを考えていた。

「うん、実は心配なんだよね。この間も残業してたし」

「あれ？　戸村さんも同じ部署だっけ？」

莉名はうなずき、入栄と戸村がふたりで業務を進めていることを教えた。

だが戸村が、入栄のサポートを怠っているように見えるとは言い出せなかった。さっき楽しそうなふたりを見たからである。

「戸村さん、入栄ちゃんが大変なことに気付いてないのかもね。戸村さんはお子さんを保育園に迎えに行ったりで、残業できないらしいし」

鈴も戸村の印象を話し始めた。

「戸村さんって背が高くて、柔らかそうな雰囲気の人だよね。この間広報とデザインの連携ミーティングあって、そのときお子さんの写真見せてもらったよ。理央《りお》ちゃんだったかな？ かわいい女の子だった」

「そうそう、理央ちゃんだ」と、さゆりも思い出したように言った。

やはり莉名にだけ態度が違うようだ。

「それに引き換え、田村《たむら》はどうしようもないのよ」

突然、鈴が鬼瓦《おにがわら》みたいな顔をした。

鈴はヴィーナス会のとき、広報部の先輩である田村七緒《ななお》に対する愚痴を必ずこぼす。馬が合わないらしい。

「あの人、仕事はできるけど人に対する愛がないよ。特に私に対して。田村は私のことが嫌い。でも私は田村のことがその百倍嫌いなの。だから私の勝ちなの」

何が勝ちなのかはよくわからない。ただ鈴は、ふふんと鼻を鳴らして得意げだ。

「あれだけ何でもこなせる能力がありながら、どうして人に優しくする能力がないんだろう」

鈴はぼやくように言った。田村の仕事ぶりをみとめてはいるらしい。

莉名は誰かに嫌われたとしても、それを誰かに言いたくない。嫌われるのは自分が悪いと思ってしまうからだ。よく思われていないと知られたくない。そんな変なプライドが働く。笑い話にできる鈴がうらやましかった。

「ってか待った」

そのときさゆりが、莉名にグッと顔を近付けた。

「残業している入栄ちゃんを見たってことは、莉名も遅くまで残ってるじゃん。あんたこそ大丈夫なの？　莉名は涼しい顔で何でもやってあげちゃうから、みんなわからないんだよ」

「そのときはたまたま残っただけだよ。だから大丈夫」

「いい？　大変なときは大変だって顔を見せるんだよ。それで駄目なら、キッとにらみつけて追い返すの。ねー、鈴？」

「そりゃそうよ。つらいときはつらい表情を見せる！　まずは見た目から。これ原則！」

「マッチングアプリと一緒にするな」と、さゆりが鈴をにらみつける。

「でも私も――」

莉名はふと、昔のことを思い出した。

「愛想がいいのは最初だけだねって、前に言われたことあったなー」

あの頃はまるで余裕がなかった。愛想どころか表情一切があったかどうかも疑わしい。さゆりも鈴も、その頃の莉名のことはまだ知らない。

「はー？　誰だよそんなこと言ったのは」

さゆりが不満げに言った。

「この愛想のかたまりに何言ってんだ？　莉名、きついときは私が代わりに言おっか？　私、いつもやってるから。今忙しいんだから後にしろって」

さゆりはそう言うと、漫画のヤンキーのように眉間《みけん》に皺を寄せた。童顔だから迫力がない。むしろかわいらしい。

「さゆちゃん、甘い！　もっとドスを利かせるんだよ」

鈴が作った顔面は、もはや変顔の域だった。今日は鈴の顔芸連発日である。

ふざけながらも、こうして励《はげ》ましてくれるふたりが莉名は大好きだ。

「でも莉名には難しいか。そしたら塩対応作戦で行こう。『あっち行け馬鹿《ばか》！　消えろ！』ってさ」

「それは塩対応と呼ぶには攻撃的すぎるよ。しょっぱい対応……かな？」

ボソッと言った莉名に、ふたりは思わず吹き出した。

「さすが会長！」

ドッとふたりの笑い声が上がる。一番最後に入ったのに、ヴィーナス会の会長は莉名だった。飲食業界にいただけあって、そこそこお店を知っているのだ。

さゆりも鈴も楽しそうに笑っている。莉名も同じ顔のはずだ。

戸村のことが心に引っかかっていた。そこにかけられたさゆりの言葉。

――莉名は涼しい顔で何でもやってあげちゃうから、みんなわからないんだよ。

莉名には難しい問題だ。力になりたくて頑張っているのに、という気持ちもなくはない。ただし、過ぎたるはなお及ばざるがごとし。業務範囲の見極めは、莉名の課題だった。

ただそれでも莉名は、できる限り親身になりたいと思っていた。

こうして理解してくれているさゆりと鈴もいる。

誰からも特別に好かれない代わりに、嫌われもしない——

どの口が言っているのだろう。私は間違いなく恵まれている。

ひとりネガティブを発動していた莉名は、残ったビールをクイッと飲み干し、自分を再起動した。空いたグラス越しに、さゆりと鈴の笑った顔が見えた。

5

今日はグストに、珍しく戸村から質問が入っていた。

フォントサイトのパスワードがわからなくなってしまいました。リセットをお願いできますでしょうか。よろしくお願いいたします。

管理サイトからユーザーに初期化メールを送るだけの簡単な作業だ。すぐに作業する旨、返答を打ち込もうとしたとき、

「お疲れ様です」

と、莉名の席までノートパソコンを持った戸村がやってきた。やはり莉名と対面するときは表情が固い気がする。自然と莉名も構えてしまう。

「今グストでも質問させてもらったのですが、フォントサイトのパスワードがわからなくなってしまって。急ぎでリセットお願いできますでしょうか」

グストでの問い合わせ後、こうして口頭で急ぎを要求されることは珍しくない。

「はい。大丈夫ですよ」

莉名は管理サイトに入り、管理者権限でパスワード入力画面を表示させた。

「今戸村さんにメールを飛ばしました。届いてますか？」

戸村は自身のパソコンで、メールソフトを開こうとした。

たまたま見えたが、戸村のパソコンのデスクトップ画面は綺麗に整頓《せいとん》されていた――という
よりはアイコンが一つもない。几帳面《きちょうめん》なようだ。

「これですか？」

戸村が画面を莉名に向けた。

メールボックスに入ってきた、一通のメールを指差す。

「あっ、それです。メール内のリンクからサイトに入って、そこで今後お使いになるパスワードを設定してくださいね」

戸村はサイトを開き、パスワードを入力していく。パスワードは黒丸で表示されるので入力者にしかわからないが、確認のため一時的に表示させることができる。

戸村が突然パスワードを画面に表示させた。パスワードの最後が見えてしまった。

――I0。アルファベットのIと数字の0だ。

そういえば戸村の娘は、理央という名前らしい。アルファベットのOを数字の0に変えるのもいいというオリエン時のアドバイスを聞いて、子どもの名前をパスワードに入れてくれたのかもしれない。

「助かりました。ありがとうございます」

お礼を言って戸村は戻ろうとする。

どうしようか。迷ったが、莉名は探りを入れてみた。

「いいえ。戸村さんって入栄さんとご一緒なんですよね？　入栄さんはパソコン苦手みたいなんですけど、横で見ていて大丈夫そうですか？」

戸村の動きが一瞬止まり、何か考え込むような素振りを見せると、「はい、大丈夫そうです」とだけ答えた。

「そうですか。情シスにお手伝いできることがあれば、いつでも言ってくださいね」

「はい、ありがとうございます」

お礼をもう一度言うと、戸村は足早に席に戻っていった。

その日の夕方、オフィス出入り口の前を通ると、たまたま出入り口のところに戸村と入栄がいた。戸村は上着を着てバッグを持っている。今から帰るところだろう。

軽く会釈をして通る莉名の耳に、

「本当にごめんね」

と、戸村が入栄に謝る声が聞こえた。

「大丈夫ですよ。気にしないでください」

恐縮している戸村に、入栄は気を使わないよう頼んでいるようだ。入栄に負担がかかっていたことを知ったのかもしれない。

自席に戻った莉名は小さく息を吐くと、天井を見上げた。

見えないところで、様々なことが起きている。

会社で莉名が見ている場所など、ほんの一部にすぎない。

だから見た景色が、抱いた印象が、いつでも正しいとはかぎらない——か。

最近の莉名は、こんなことばかり考えている。

いつか考えるだけの自分から、一歩踏み出すことはあるだろうか。

そんなときが来たならば、そのときはこの口がもつれないよう祈っている。

6

翌日、再びグストに戸村から連絡が来ていた。

大変申し訳ございません。フォルダに入れていたファイルを誤って削除してしまいました。バックアップはありますでしょうか。よろしくお願いいたします。

詳しく話を聞いた方がいい。戸村の席に向かった。

「ごめんなさい、うっかりしてて。パソコンを再起動しても駄目でした」

戸村は申し訳なさそうにしていた。隣で入栄も心配そうにしている。

パソコン自体の故障ではないから、再起動では復旧できない。だが藁《わら》にもすがる思いで、試してみる気持ちはわからなくもない。

「どのフォルダに入れていたものですか？」

戸村が指定したのは、サーバー内にあるデザイン部用のフォルダだった。サーバーフォルダのため復旧は可能だ。

「大丈夫です、それなら復旧できますね。消しちゃったのは一ファイルだけですか？」

「はい。こっちは……大丈夫そうですね」

戸村が見ていたのは、Cドライブだった。綺麗に用途ごとのフォルダに分けられているが、Cドライブはパソコン内の保存領域だからローカルである。ローカルに保存するくせが付いてしまうと、なかなか直らない。

莉名は再度説明しておくことにした。

「戸村さん、ローカルにはファイルを保存しない方がいいです。今回みたいなときに復旧できないので、ファイルはサーバー内に保存しましょう」

すると戸村は、「あ、そ、そうでしたよね。すいません」と焦った様子を見せた。

「まずはファイル復旧しますね。席に戻って作業するのでちょっと待っててください。急いだ方がいいですか？」

入栄が助け船を出した。

「一時間後にミーティングがあって、その前に確認したいねって話をしてたので、できれば早めの方がいいです。すいません」

「そんな、入栄さんが謝らなくても。蜜石さん、申し訳ないです」

そう言って戸村が莉名に頭を下げる。

理由はわからないが、戸村は莉名に心を開こうとしない。そんな戸村が悲愴感に満ちた顔を見せるので余計に心配になる。人がよすぎるだろうか。

「安心してください。大丈夫ですよ。少し待っててください」

笑顔で返事をすると、莉名は一度席に戻った。

そしてバックアップが入っているサーバーに、Ｗｉｎｄｏｗｓのリモートデスクトップ機能で入ろうとしたが――

誰かがログインしていた。スカーレットに所属している、莉名の上司の長谷川だ。

作業中なのだろう。急ぎであることを考慮して、莉名は長谷川にグストでメッセージを送ろうとした。だが長谷川はグストにログインしていない。

仕方がない。莉名は長谷川の携帯電話に電話をかけた。

「もしもーし」

すぐに長谷川は出た。

「あっ、お疲れ様です。蜜石です」

「どうかしたの？」

「今BBGさんのバックアップサーバー入ってますか？　ファイル復旧依頼があったので一瞬使わせてもらいたいんです」

「そうなんだ。わかった。すぐログアウトするよ」

「ありがとうございます。五分後にまたログインしてください」

二度手間を省きたい長谷川の要望で、莉名はいつもこのように伝えていた。

「作業中でしたか？」

「あー、ちょっと仕様や設定の確認なんかをね。蜜石さんはまだいなかったけど、コロナでテレワークが始まった頃、突貫で構築した部分も多くてさ。ファイルをまとめてなかったんだよね」

初めて緊急事態宣言が発令された二〇二〇年の春、ご多分に漏れずBBGも、ほとんどの従業員が在宅勤務になったそうだ。多くの企業がそうだろうが、急遽《きゅうきょ》テレワークに対応した環境を構築したため、サーバーやパソコンの思わぬところに脆弱《ぜいじゃく》性が潜んでいる可能性があった。ハッカーたちもそこを狙《ねら》って、巧妙なサイバー攻撃を仕掛けてきていた。

今まではセキュリティといえば社外からのリスク対策という意味だったが、現在は社内外問わず全てのネットワークを信頼せずに対策を講じる、ゼロトラストという考えが主流となってきている。

幸いBBGでは被害はなかったようだが、長谷川が今に至るまで設計を見直し続け、その都度改善しているからだろう。高スキルの技術者である長谷川だからできることだ。

「そういえば、長谷川さんから私に一部業務を引き継ぐするかも、と前に聞きました」

ただ莉名でもできそうな作業については、長谷川から引き継ぐ話が出ていた。BBG常駐の莉名が対応できる業務が多い方がいいからである。

こうして、少しずつ学んでいくのだ。どんな作業が引き継がれるのか、こっそり莉名は楽しみにしている。難しすぎて挫折《ざせつ》しないか、という心配もあるが。

「うん、それもあるかな……。蜜石さんにも連絡くるんじゃないかな。神田さんと梅沢《うめざわ》さんで、業務範囲について相談あるだろうし」

梅沢というのは、莉名と長谷川の所属するスカーレットの代表で、営業担当でもある。長谷川も詳しく話を聞いていないのか、返事の歯切れが悪い。

「バックアップの件は頼むね。蜜石さんも引き続き頑張ってね。ヘルプデスクは、いつでも安心して相談できるっていう信頼感が大事だよ」

「ありがとうございます」

長谷川はいつも最後に莉名を励ましてくれる。莉名も大変な時期があったから、心配してくれているようだ。そして電話は切れた。

莉名はサーバーに入り、バックアップから目的のファイルをコピーし、元々あったフォルダに貼り付けた。これで対応完了である。

デザイン部の島に行き作業が終わったことを伝えると、

「よかったー」

と、ふたりは手を取り合って喜び始めた。仲のいいふたりだ。

ただおそらく、お互い歩み寄ってようやく仲良くなった……という話ではない。

莉名は、ようやくわかってきた。

「本当にありがとうございました」

戸村も入栄も、莉名に向かって深々と頭を下げた。

「いいえ、元に戻せてよかったです」

入栄は何か言いたそうにしていた。だが言わずじまいだった。

照れるような、ためらうような表情でわかる。「蜜石さん、最近どう？」が恥ずかしくて言えなかったのだ。

って、何を待機しているのだ。自分に苦笑する。

入栄は莉名に「最近どう？」と言おうとして言えなかった。

言おうとしたことを言えなかったのは、莉名も一緒だった。

――そういうことだったのか。

入栄から最近届いたメールを読み返す。

この数日の違和感の正体が、すべてわかった気がした。

7

ホワイトチョコを食べて一息。

他からの依頼に対応しながらも、莉名は戸村と入栄のことを考えていた。今はふたりのことが頭から離れない。

入栄からの問い合わせに対応すれば、業務を遂行したことになる。

でも、それでいいのだろうか。

莉名に手伝えることはきっとある。だが迷いもある。口出しすることだろうか。

どこまで手伝えばいいだろう。やはり莉名には難しい。

ユーザーの力になりたい。そう願う私は感謝されたいだけなのか、報《むく》われたいだけなのか。

親切心を伸ばそうとするとき、莉名はそんなことを思う。

でもできることがあるなら。ふたりの役に立てるなら。

――やっぱり私は声をかけてあげたい。

デザイン部の方に目をやった。ふたりは真剣にパソコンに向き合っている。

おせっかいになりそうだったら、すぐに手を引けばいい――いや、伸ばした手は引かない。

それぐらいの心づもりでもいいはず。

目を閉じて三つ数えて深呼吸。気持ちを再起動する。

莉名は決断した。

8

グストでダイレクトメッセージを送ろうと思ったけど、文字で伝えられる自信がないから直接話をしに行こう。

そう思っていたら、入栄からグストに問い合わせが来た。

会議室にあるプロジェクタの使い方教えてもらえますか？

余裕をもって会議開始より少し早い時間から会議室予約してあるので、もしお時間あったらお願いします。

ちょうどいい。三人だけで話せるかもしれない。

時間になったので会議室に行こうとすると、入栄と戸村が莉名の席にやってきた。

「あっ、蜜石さん今大丈夫ですか？」

「プロジェクタの件ですよね。いいですよ」

三人は会議室に入った。周りに誰もいない状況で話ができる。

「おふたりとも、少しいいですか？」

入栄も戸村も不思議そうに莉名を見ている。

えい、と気持ちを押し出して話し出す。

「あの、おふたりのこと、何となくわかりました。私にもできることがあります。いくらでも質問してきてください」

この言葉でふたりは察したようだ。お互い顔を見合わせた。

「最近、入栄さんからの質問が多いなとは思っていました」

そもそも増えたことがおかしい。

仮に戸村が入栄に何も教えなかったとしても、問い合わせが増えることはない。業務で大きな変化がない限り、現状の頻度で来るはずだ。

「入栄さんからのメールを見ていて気付いたんです。問い合わせのメールを見返すと、大きく二種類に分かれていました。質問文の語尾に『?』を使い、改行していて、『よろしくお願いします』で文を締めるパターンと、質問文の語尾は『。』を使い、改行はせず、『よろしくお願いいたします』で文を締めるパターンです。文面を作成しているのはおふたりいるのでは、と思いました。入栄さんと戸村さんですね」

ふたりはおどろいている。

戸村が質問文を入栄に渡し、入栄が莉名に質問していたのだろう。

入栄の負担を減らすため、コピーしてそのまま送ればいいようにしていたのだ。戸村の気遣いが、そしてふたりの関係が垣間見《かいまみ》える。

莉名は話を続けた。

「WEBデザイナーの業務サポートをしていた戸村さんは、Adobe社のPhotoshopなどを使って限定的な作業しかしておらず、WindowsやWord、ExcelなどのMicrosoft社のソフトはあまりさわったことがないのでは、と思いました」

要するに戸村は、それほどパソコンに詳しくないのだ。

「そうです……」

観念したように戸村は言った。「戸村さん……」と、入栄も心配そうにしている。

「あっ、ごめんなさい。誰にも言うつもりはないです」

不安にさせてしまった。莉名はあわてて、責める気はないことを伝えた。

戸村のファイルを復旧したときに、莉名は疑問に思った。

ローカルに置かないよう説明したのに、ファイルはCドライブに置いてあった。それも綺麗にフォルダ整理されて。さらにデスクトップには、ショートカット一つない。

戸村は正しく保管したつもりだった。ローカルとデスクトップを混同しているのだ。

莉名の説明でデスクトップ＝ローカルと考えてしまい、パソコンのCドライブはローカルという意識がなかった。デスクトップのショートカットも削除しているところからすると、ショートカットとファイル本体の区別もできていないのかもしれない。

また削除されたファイルが再起動で復旧すると考えたのも、そこまでパソコンに詳しくないユーザーの発想に思える。

これで、入栄からの問い合わせが急増した理由も説明がつく。

「蜜石さん。私が戸村さんから事情を聞いて、こうすることに決めたんです。だってせっかく採用されたのに……」

戸村はパソコン操作に詳しいことを買われて採用された。それが嘘《うそ》だとバレたらクビになるかもしれない。入栄はそれを阻止したかったのだ。

「大丈夫ですよ。あの、今おふたりにファイルを送ってもいいですか？」

莉名は自分のパソコンから、ふたりにファイルを送った。

「私がＩＴの仕事に就いたばかりの頃、毎日更新していた自分用のメモです。そこそこ役に立つはずです。Ｅｘｃｅｌの関数集や、当時調べ物に使っていたサイトのリンク集もあります。二年前なので、情報が古いかもしれませんけど」

それは『莉名ックス』とは別のファイルだった。ファイル名は『勉強メモ』。こちらは味気ない名前である。

今となってはほとんど参照しないが、かつて毎日情報を蓄積していたメモだった。

「いいんですか？　大事なものなのに」

戸村がおどろいたように言った。

「特別なことが書いてあるわけではないですから」

「……ありがとうございます。使わせてもらいます」

戸村は心苦しそうに頭を下げた。

「本当にたいしたものではないんです。右も左もわからない頃に作った、『ド素人のお勉強メモ』みたいなものですから」

ド素人だった過去を笑い飛ばせるか試してみたくて、自虐的に言ってみた——が、まだ胸がチクッとした。

「そんなそんな、頑張って作ったものでしょうし」

「いや、まあそうですけど」

莉名は頭に手を当てながらうなずいた。

「そうだ！　別の名前に変えましょう」

入栄が思い付いたように声を上げると、ファイルの名前を変えた。

『蜜石先生のＩＴ勉強メモ』。

参考書のタイトルみたいだ。だがそれ以上に——

「先生だなんて、そんな」

恥ずかしい。まだまだ見習いだというのに。

「私たちにとっては先生です。せっかくもらったんですから、ファイルの内容も覚えなきゃ駄目ですよね。こういうタイトルにしておけば、私も戸村さんも頑張る気になります。そうですよね、戸村さん？」

「もちろんですよ」

戸村はうなずいた。

思った以上にふたりのやる気を引き出してしまった。『莉名ックス』と一緒だ。名前一つでやる気になる。好奇心を持てる。

「あ、ありがとうございます」

莉名は戸惑っていた。同時にうれしかった。

――このファイルが誰かの役に立つなんて。

何が誰の役に立つかわからない。でも一生懸命やっていれば、こうして何かにつながっていく。そう思っていれば私もしあわせだし、いつかつながった先の誰かにもそのしあわせが届く。それでいいじゃないか。

入栄が莉名に質問をした。

「蜜石さんがパソコンの操作覚えるとき、何かコツみたいなのありましたか？」

「すごく感じるのは、ファイルの内容は全部覚える必要はないということです。実際の操作方法までは覚えなくても、方法があることを知っているだけで全然違います。簡単なところですと複数のセルの合計を出す方法とか、コピー＆ペーストのショートカットとか、有無だけでも知っていれば調べられますし、そのうち操作方法も覚えます」

そういう心持ちで少しずつ。小さな達成感を抱きしめながら。

思い出したように、戸村が表情を明るくした。

「それ、オリエンのときも伝えてくださいましたね。あれで気持ちが楽になりました」

ちゃんと伝わっていたのだ。

「さすがITのプロですね」と入栄が感心するので、莉名は大きく手を横に振る。

「まだ私もIT歴二年なので全然なんです。この業界に入ったばかりのときは何か役に立つかなと思って、お休みの日は電気店に行ったり、スーパーとかコンビニ、百円ショップに行ったときも電気製品コーナーを眺めていました。そのことを言ったら笑われましたけどね。全然使わない知識も持ってますよ。百均のジャストライトにディスプレイケーブルが置いてあるとか、スーパーのビールックのUSBメモリが動物の形でかわいいとか」

いつか役に立つと思いながら必死だった。今のところ、役に立ったためしはないが。

そうだ。後、これだけはしっかり言わなくては。

「もちろん私にもいつでも相談しにきてくださいね。遠慮なんかしちゃ駄目ですよ。絶対ですからね。絶対に絶対！」

むきになって、つい何度も強調してしまう。相談相手がいないつらさを知っているからだった。あんな思いは誰にもしてほしくない。

「私、本当に迷惑かけちゃって……」

戸村はまだ申し訳なさそうにしている。

「ここの職場にアサインされる際、履歴書にパソコン全般のスキルがあると背伸びして書いてしまったんです。時短勤務ができる職場がなかなかなくて……」

その結果戸村は、持っていないスキルを買われてBBGに採用された。勤務初日までにできる限り頭にたたき込むつもりだったが、お子さんの世話でできなかったらしい。

本当は情シスへ質問したいことがあったが、莉名がデザイン部の上長に指摘しないとは言い切れない。そのため質問はすべて入栄経由でしていたのだ。


「蜜石さん、本当にありがとうございました。入栄さんもいつもサポートしてくれて」

戸村は莉名と入栄に向かって、もう一度頭を下げた。

「大丈夫ですよ。頑張りましょう」

入栄はガッツポーズしてみせた。

「でも入栄さん。私のせいで残業したりしてませんか？」

「たしかに残ることもありますけど、それは別の理由です。戸村さんの経験から学べることもたくさんあるんですから、私、戸村さんと一緒にやっていきたいんです。せっかく出会えたのですから」

——いいな。シンプルに莉名は思った。

一緒にやっていきたいと思える仲間がいる。どんなに心強いだろう。

学生と違い、会社で一緒に働く相手は移り変わっていくものだ。そういう意味で入栄の考えは甘いかもしれない。

でもそんな甘い考えでも、あてにしたっていいではないか。いつの日か、やはり甘い考えだったと思い知ることになっても。

「おふたり、本当に仲良いんですね」

入栄と戸村は見つめ合って笑った。

「はい、戸村さんは素敵な方ですし、何よりも――推しかぶりに悪い人はいませんから！」

オシカブリ？　何だその南国の鳥のような名前は。言葉の意味が理解できない。

入栄が早口になる。この口調、最近も耳にしたな。

「推しがかぶっているってことですよ。想《おも》いの強さも形も、推している期間の長さも関係ありません。ただ同じ人を推す時間、もたらされるしあわせ！　それを共有できる相手がそばにいる。そのことが何よりも尊いのです！」

見たことのないテンションの入栄だ。

「びっくりしました。戸村さん、勤務初日に私のスマホのストラップ見て、『私も四ノ宮くん好きなんです！』って。ほんの一瞬で意気投合ですよ」

初日から。最初の最初からふたりは仲良しで、莉名の取り越し苦労だったのだ。

「コロナになってからライブも少ないし、あってもお客さんの数を以前より減らしているからチケットなかなか取れないし。仕方ないですけど、その悲しみを分かち合うのもやはり戸村さんです！」

入栄と戸村は目を合わせて笑った。

ホッとすると同時に、勝手な想像を巡らせていた自分が恥ずかしくなる。

そこに戸村が、詫《わ》びるように言った。

「あの、私、蜜石さんに対して態度悪くなってないかなとずっと不安で……。パソコンが苦手なことがバレないか心配で、いつも蜜石さんの前に行くと顔が強張っちゃって。できますとかやってみますとか、本当はできないのに繰り返すばかりで」

お互いに感じていたささやかな誤解は、あっという間に解けた。

なるほど。あれは自信のなさから来ていた言葉だったのか。

「そうですか？　そんなことないですよ」

莉名はそう返事をする——もちろん嘘である。

でもこれから、本当にしていけばいい。

本当の戸村を知ることができたのだから。

「これからは気兼ねなくご相談くださいね」

戸村は笑った。入栄や他のメンバーに向けた柔らかい笑顔だった。

笑顔を見られたことに、莉名は達成感を感じた。

これで今回の案件も対応完了だ。

——コミット・コミット。

莉名は小さくつぶやいた。

9

「蜜石さーん」

デザイン部マネージャーの中山《なかやま》が声をかけてきた。いつもにこにこしている、部のお母さん的存在である。

「昨日申請出したフォルダアクセス権付与の件、情シスに承認回っているから急ぎでお願いしていいかな？　申請出すの遅れちゃって」

「はい。でしたらこの後すぐに」

「助かるわー。ヤマウ電気への販促展開の件、申請を後回しにしていたら、入栄さんと戸村さんの仕事が思いの外早くて。まったく忙しー。この調子なら今週中にはいけそうだわ」

ヤマウ電気という取引先の店舗でＢＢＧ商品を大きく展開することになり、パネルやポップの作成でデザイン部は忙しいらしい。

中山はうれしそうだった。その気持ちは莉名も一緒だ。

やはり誰かの役に立つことはうれしいこと。単純だけど、単純だからこそ、その気持ちを胸に頑張れる。

「なになに、ヤマウ電気がどうしました？」

たまたま莉名の席の近くを通りかかった、営業部の西野《にしの》が話に入ってきた。西野は営業部のリーダーを務める女性社員である。

「おっ、いいところに来た。販促の納品、予定より早くいけそうですよ」

「それはいいニュース！　今度ビールック主催のパーティーがあるから、そのときまでに店舗で販促展開できていれば、ヤマウ電気から周りの人に、うちの商品のこと紹介してくれるかもね。デザイン部、調子いいね」

「いい感じで進んでるわ。戸村さんなんて意気込んで『できます、やってみます！』って返事して、本当にすぐ終えちゃうんだから。ま、うれしい悲鳴だわ」

——よかった。たいしたことはできないけど、それでもいい方向に進むお手伝いができたのなら。

莉名はもう一度、達成感を嚙みしめた。


ユーザー対応後、莉名はデザイン部の近くを通った。

戸村も入栄もパソコン画面を見ながら真剣に話し合っている。莉名には気付いていない。

邪魔にならないよう、そっと横を通り過ぎよう。なぜか誇らしい気分になる。

ふたりの席のちょうど間には、スパイシアの四ノ宮のクリアファイルが置いてあった。

——あれ、待てよ。戸村さんもその四ノ宮くんのファンだということは？

莉名はあることに思い至った。

うっかり見てしまった、戸村のフォントサイトのパスワードの最後の『I０』。あれは娘の理央ではなく、四ノ宮くんの必殺フレーズの『ラブいぜ』だったのかもしれない。最後の『ぜ』は０だ。

ただ推測の域を超えることはできない。パソコンが苦手だと推測されないよう必死だった戸村だ。パスワードも易々《やすやす》と推測されるものではない……かもしれない。もしくは理央とも四ノ宮とも関係のない、文字の羅列かもしれない。答えは戸村しか知らない。

やはり世間は知らないことだらけである。

心配していた分、協力し合うふたりの姿に心が温かくなる。どこまで手助けできたかはわからないけど、素敵な顔付きのふたりに笑みがこぼれる。

「ラブいぜ……」

莉名は知らぬ間に立ち止まりつぶやいていた。「え？」と入栄と戸村が同時に目を向ける。

莉名は顔を真っ赤にして「つ、つい……」と、決まりが悪くお辞儀をした。

10

「何だかうれしそうですね、蜜石さん」

と、ほほ笑みながら話しかけてきたのは、グレーのスーツを着た御子柴だった。

外出から帰ってきたところのようだ。手にバッグを持っている。

「お疲れ様です」

「蜜石さん、最近は元気ですよね？」

いたずらっ子のような笑顔でパターンを変えてきた。自分でパターンとか言っていたら世話はない。

「はい」

今の御子柴の聞き方だと、こう答えるしかできない。

「うーん、これだと何かしっくりこないですね」

御子柴は笑って首をかしげた。おどろいたことに、莉名自身も同じ気持ちだ。

「まったくです」

ふたりで笑い合った。

「御子柴さんは元気そうですね」

「はい。俺はいつも元気ですよ。それはそうとお願いなのですが」

そう言って御子柴は、莉名の左隣の空席に座った。

「今度コンビニのスペシャルマートとＷＥＢミーティングを開催予定でして。当日サポートをお願いしたいのですがいいですか？　ちょっと時間が早くて、来週火曜日の朝八時からなんですけど」

「もちろん大丈夫ですよ。ずいぶん早い時間ですね」

「元々午後に訪問の予定だったのが、急遽ＷＥＢミーティングにしてほしいと連絡がありまして。別予定が入ったのかもしれませんね」

ＷＥＢミーティングの普及に伴い、早朝や遅い時間のミーティングも増えてきた。時間外で働いた分は、別日に遅く出勤したりして時間調整している。

「ありがとうございます。俺も念のため、早くからスタンバイします。八時開始だと、どれぐらいから待っていた方がいいですかね？」

「前日にできることはやっておくので、そうですね、私は七時半には出勤しようと思います」

「オッケー。じゃあ俺もそれくらいに待ってます。実は先方との会議、電車の事故で過去に二回遅刻してしまったことがあって。三度目は絶対にありえないんですよ」

「わかりました。事前にチェックしておきますね」

「仏の顔も三度までですからね。あれって三回は許されるって意味じゃなくて、三回目はアウトらしいですよ。知ってました？」

「いや、知らなかったです——って、別に遅刻は三回まで許されるわけではないです」

「そうなんですけどねー。二度あることは三度あるとも言いますから気を付けます」

御子柴は頭をかきながら笑顔を見せた。

二度あることは三度ある。仏の顔も三度まで。

フラグが強固すぎる。両方合わせたら、仏様の逆鱗《げきりん》に触れることまちがいなしではないか。

三度目なんて永遠に来ないでほしい。ことわざなんてただのことわざだ。

「本当なら蜜石さんの手をわずらわせないようにしたいんですけど、鬼塚《おにづか》さんと団《だん》さんふたりでは少し不安で——」

「あっ、御子柴さんはここからじゃないんですね」

思っていたのと違った。御子柴はこのオフィスからの出席ではないらしい。

「俺は大阪オフィスからの参加となります。先方は二名参加なので計五名ですね。よろしくお願いします！」

御子柴は屈託のない笑顔を向けた。

――私、御子柴さんもここから出席するって、何を勝手に早とちりしてるんだろ。

少しだけ、心のどこかでがっかりした。いや、少しではないかもしれない。

「では、まずは引き受けてくれたお礼に、出張土産の兵庫名物を――」

そんな莉名の気持ちを知らない御子柴は、バッグのファスナーを開き、中をまさぐり始めた。

「あれ、どこ行ったっけ？　これデカくて邪魔だな」

御子柴はバッグの中からノートパソコンを取り出した。さらに財布やシステム手帳、モバイルバッテリーを取り出した後、

「あったあった。バッグの底にありました。ずいぶんお待たせしちゃいましたね」

御子柴はお菓子を一袋出し、莉名に渡した。

商品名は『兵庫名物　味噌《みそ》メロンせんべい』。

莉名はハッと目を開けた。

――そうだ思い出した！　御子柴さんの出張のこと！

御子柴が社内で、どう言われていたのかを思い出した。

営業部、御子柴雄太。

スーツのセンス、あり。髪型のセンス、あり。仕事のセンス、あり。そして――

出張土産のセンス、なし。

何事もスマートにこなす御子柴だが、なぜか出張土産だけは、毎回微妙なものを買ってくるというのが社内の評判だった。受け狙いとかそういうつもりでもないらしい。

確かにこれは……。前評判通りのセレクションである。

「ありがとうございますっ」

思わず声が裏返りそうになった。わかりやすく動揺している。

どんな味なのか、まったく推測できない。

御子柴は荷物を片付けながら、「これおいしいんですよー」と、人なつっこい笑顔を見せる。何だか許してしまいそうになる。許すも何も、別に怒ったわけではない。

御子柴が席から立ち上がった。

「それではお願いしますね。いつもありがとうございます。頼っちゃってばかりで」

「いいえ、こちらこそありがとうございます」

長身の御子柴を見上げると、莉名もお礼を言った。

単純だと思うが、感謝してもらえるだけで莉名は救われる。

ここにいていいのだと、少しだけ自信を持てる。

味噌メロンせんべいはおいしかった。どこまでも世間は知らないことだらけ。

時には推測できない未知のことに、怖れず好奇心を持ってみるのもありかもしれない。

思いがけない楽しさに出会えることもあるようだ。

チケットNO.3

WEBミーティングの裏側はお見せできません

1

「さすが元飲食業界。見る目が真剣ですね」

もう注文は終えているのに、テーブルにあるメニューが気になってしまう。そんな莉名の向かいで、梅沢が愉快そうに言った。

照れるがその通りである。メニューや店内の様子が気になるのは、前職のなごりだ。

「不思議です。大変な目にあってすぐ辞めた業界なのに、気付けばファミレスを利用することが増えました。辞めた直後は、看板を見るのも嫌だったのですが」

いまだに胸に何かがつかえる。

でも同時に時を経て、良くも悪くもただの客になっていく自分もいた。

「不思議ではないですよ。好きな面もあったから、一度はその道を選んだのでしょうから。その時の気持ちは否定しなくてもいいと思います」

好きな面――か。確かに入社前はわくわくしていたな。その頃を懐《なつ》かしく思い出した。

ここは八丁堀駅近くのビル二階にあるファミレス『ボード・イースト』だ。

向かいの席で莉名と同じく日替わりランチを食べているのは、莉名が所属するスカーレットの代表、梅沢伍助《ごすけ》だった。やせ形の長身で丸眼鏡をかけている。

スカーレットの社員は全員客先に常駐しているので、普段社員同士や梅沢と顔を合わせる機会がない。そのためこうして、定期的に梅沢が勤務先近くにやってきて面談を実施している。大体は今日のようにランチのついでだ。

「どうですか、最近は」

――惜しい！

反射的にそう思った自分に苦笑いする。倒置法だと再起動と語感が似てこない。すっかり再起動のくだりが身についている。

「はい、大きな問題もなくできています」

「それはよかった」

梅沢は目尻にしわを寄せてほほ笑んだ。声が高く口調はやわらかい。

梅沢は四十五歳で、五年前にスカーレットを立ち上げた。独立前は大手ＩＴ企業の営業職で好成績を収めていたらしい。スカーレットでは無理に社員を増やすつもりはないようで、現在は十人前後にとどまっている。

ＩＴ業界ではスカーレットしか知らない莉名だが、各社員へ目配りが届いているこの会社はいい勤め先だと思う。

「今日なのですが、先日出してもらった業務一覧について聞かせてください。各業務に蜜石さんがどう対応しているか知りたいです」

梅沢から依頼を受け、莉名はＢＢＧでの対応業務一覧を提出していた。そんなことを言われたのは初めてである。先方との交渉に使うのかもしれない。

一通り説明を聞いた後、梅沢は「なるほど」とうなずき、

「長谷川さんからサポートを受けながら、頑張っているみたいですね。では次に――」

眼鏡の奥の目が鋭くなった気がする。

「スキル面とは別に、蜜石さんにはどういう強みがありますか？」

「強み……アピールポイントですか？　えーと……」

そう言われても、すぐに出てこない。

「それにすぐに答えられるように働いてみてください。ヘルプデスクはIT業界初めての人が配属されることも多いですが、誰でもできるわけではありません。こんな話があります。以前、知り合いの会社に高スキルのエンジニアがいました。その方は長年働いた現場での案件が終了したため、スキルを生かせる次の現場が見つかるまで、ヘルプデスク業務に就くことになりました。ところがすぐクビになったのです」

「なぜですか？」

「対人関係です。現場とうまく関係を築けず、役職についている人を怒らせてしまい、すぐ現場を離れることになりました」

――せっかく配属された現場なのに、すぐにクビ。莉名は肩をキュッとすくめた。

莉名もBBGの社内向けシステム業を対象として業務委託の発注を受けている立場で、契約は三ヵ月更新である。数ヵ月後に莉名がBBGにいないことはあり得る。莉名自身に問題はなくても、BBGの組織編成次第で外される場合もあるのだ。

梅沢は話を続けた。

「これはその方を反面教師にするという話ではありません。適材適所だということです。その方も今は別現場で、持ち前のスキルを発揮して大活躍しているそうです。蜜石さんは今の現場が合っていると思います。神田さんから聞きましたが、細かくユーザーの面倒を見てくれているそうですね。それは蜜石さんの強みです」

神田が莉名のことをほめてくれていた。現場からの評価を聞けるのはうれしい。

「引き続きその良さは伸ばしつつ、スキルも高めてください。そうすればＢＢＧさんにとって、かけがえのない存在になれます」

「かけがえのない存在だなんて、そんな」

あいかわらず、莉名は仕事に自信がない。

頑張ってはいるつもりだ。

でも、その『つもり』を拭《ぬぐ》うことなどできるのだろうか。

「蜜石さん次第でなれますよ。前のことは前のことと割り切って、頑張ってくださいね」

気がかりながらも、莉名はうなずいた。

もっと自分をほめていいのだろうか。だがそれによって、独《ひと》りよがりになり視野が狭くなるのが怖い。やはりすぐに答えは出ない。

梅沢が思い出したように言った。

「ＢＢＧさんでは、ＷＥＢミーティングの利用は変わらず多いですか？　アフターコロナと呼ばれるようになり、現場によって利用頻度は様々のようですが。ＷＥＢミーティングの利用増加により、社内ネットワークが不安定になったり、ユーザーによってはパソコンのスペック不足といった話も前はよく聞きましたが、最近は大丈夫ですかね」

「そうですね、ＷＥＢミーティングはちょくちょくありますが、不具合についてはだいぶ改善されたと思います」

ＷＥＢミーティングの利用が一気に増えた頃は、ネットワーク使用量が増加し遅延を引き起こしたり、古いパソコンを使っているとメモリ不足ですぐフリーズしたりと、思わぬ障害が多数発生していた。だが長谷川と連携して徐々に対応していき、最近は大きな問題は起こっていない。油断は禁物だが。

「来週も早朝にＷＥＢミーティングがあるので、サポートを頼まれています」

「よく準備しておいてください。蜜石さんはもっと自分を売り込むような働き方をしてもいいと思いますよ」

私の強み。私だけにできること？　そんなものがあるのだろうか。

わからないけど、日々の業務を精一杯やることしかできない。

頑張ればいつか結果はついてくる、だそうだ。本当だろうか。

その答えを知るために——なんてありがちな自問自答を繰り返し、働くしかないのかもしれない。

ただどんなに入念に準備しても、現実は思いがけないことが起こるのだが——

2

――うーん、気持ちいいな。

スペシャルマートとのWEBミーティング当日。

今日のシミュレーションをしようと、御子柴は朝の大阪、江坂駅周辺を散歩していた。新御《しんみ》堂筋《どうすじ》の下をくぐり、江坂公園の横を通って思いのままに歩く。

時刻は朝六時だった。三十分ほど歩いてホテルに戻り、シャワーを浴びて大阪オフィスに向かっても十分に間に合う。

BBG大阪オフィスは、大阪環状線天満《てんま》駅近くの小さなビルの四階にある。関西出張時の作業スペースという意味合いが強く、常駐する社員はいない。

普段は大阪オフィス近くのホテルを取るのだが、今回は訪問先への回りやすさを重視し、オフィスからタクシーで三十分弱ほどかかるが、江坂駅近くのホテルを取った。そのおかげで、いつもの大阪出張時とは違う風景が見られている。

昨日は遅くまでオフィスにいたため、やや寝不足だ。だが今日に懸ける意気込みと朝の空気が、眠気を吹き飛ばしていた。

大きく息を吸って辺りを見回した。

ジャージ姿の高校生やジョギングをしている老人、眠そうな目で片手にコーヒーを持ったサラリーマン。まだ人影はまばらだ。

御子柴は普段から早起きをして、その日の業務予定を見直すことが多い。

本日の一番の大仕事は、この後八時からのスペシャルマートとのＷＥＢミーティングである。ここで有利に話を進められれば、ＢＢＧにとって大口顧客となる。好感触をもらえるよう、昨日から何度もプレゼンや、想定される質問に対する返答を練習してきた。

できれば対面で説明したかったが、先日連絡があり突然ＷＥＢミーティングでの開催となった。しかしうまくやっていきたい。

八丁堀の本社では情シスがサポートするはずだから、マネージャーの鬼塚とリーダーの団も問題ないはずだ。

――情シス。蜜石莉名。

御子柴はふと、莉名のことを思い出した。

二年くらい前から、ＢＢＧのヘルプデスク要員として働いている女性だ。

ずいぶんおとなしそう、というより暗い子が来たな。初めはそんな印象だった。緊張していたのか、ほとんど笑顔もなかった気がする。

そんな莉名が変わったのは、誰もが知っているあのくだりからだろう。

――蜜石さん、最近どう？

あの一言で、莉名が親しみを込めて迎え入れられた。莉名自身も積極的になったように思える。笑顔を見せることも多くなった。

そして御子柴は、はっきりとその笑顔に——やられていた。

正直なところ、御子柴は莉名のことが気になっている。

この間は営業部も助けられたし、最近はデザイン部の新入社員にも親切に話しかけていた。

親身にユーザーの話を聞くその姿を、気付けば目で追っている。

営業職の御子柴としては、莉名のその強みを見習いたい……というのはたぶん、自分に仕掛けた無意味な言い訳だ。

自分はごまかせない。ごまかしたくもない。御子柴は莉名を想っている。

——でも、どうやって近付けばいいんだよ！

早朝のクリアな頭でもわからない。


それより今はミーティングである。

御子柴は気持ちを切り替えた。

BBGと取り引きすることで、スペシャルマートにどういうメリットがあるのか。

キャンペーンをBBG側からも積極的に案内することで、スペシャルマートの商品とBBGの商品の売り上げ相乗効果が狙える。文具メーカーならではの学生向けキャンペーンを実施することで、帰宅時の学生呼び込みを促《うなが》すことができる、など——

社内で何度も検討を重ねてきたプレゼンを、もう一度振り返った。

大丈夫だ。そらですらすらと言える。

「えーと、弊社は――」

小さく声に出しながら歩く。しつこく練習してきた。自信を持って臨めば大丈夫だ。

御子柴は両頬《りょうほお》をパシンと叩いた――いけるぞ、今日は。

もう一度頭の中で、プレゼン内容を振り返りながら歩いていると――

「あっ」

角を曲がる際、反対側からやってきた、ジャージ姿の初老の男性とぶつかってしまった。ジョギング中のようだ。

「おっと、失礼。すいませんな」

男性は笑顔でひょいと手をあげ、御子柴がやってきた方にまた元気よく走っていった。快活なその表情に、御子柴の気持ちも上がる。

そろそろ戻るか。少し遠くまで来てしまった。歩いてきた道を戻らなくては。

――やってやるぞ。

手をグッと握りしめて、御子柴はきびすを返した。

そして、目を大きく見開いた。

3

「お、お前は馬鹿か！」

準備を進めていたBBG会議室に、営業部マネージャー、鬼塚健一郎《けんいちろう》の怒声が響き渡った。鬼塚は小柄で、百六十センチの莉名と同じくらいしかない。その小さな体から信じられないほどの大声である。白髪交じりの短髪が、武道の先生のような雰囲気を思わせる。

同室している営業部リーダーの団聡《さとし》、そして莉名も、思わず肩をすくめた。元柔道部で巨体の持ち主の団すら、怖がらせる怒声だ。

鬼塚は携帯電話に向かって怒鳴《どな》っていた。電話の相手は——御子柴だ。

「早起きして散歩し考えをまとめていた……素晴らしい！　早めに大阪オフィスに行ってプレゼンの準備もしていた……素晴らしい！　ホテルにアダプタを忘れパソコンがつかない……素晴らしくなーい！　お前、この大一番になぜそんな凡ミスを……」

鬼塚は頭に手を当てて嘆いた。

——現実は思いがけないことが起こる。

現在の時刻は、七時四十分を過ぎたところだ。

八時から、スペシャルマートとのWEBミーティングが開始となる。

莉名も今朝は早起きして急いでメイクをし、いつもより一時間半も早く出社した。もっともメイクに関しては、就活の時に覚えたナチュラルメイクを今も続けており手際は抜群、毎朝十五分以内の時短メイク派である。手持ちの化粧品のブランドは、気が付けば有名プチプラブランドのｅｘｃｅｌが多い。私は情シスだからと、お茶目な決意の表れだ。ただアクセントがｅｘｃｅｌはアイドルと同じで、Ｅｘｃｅｌはユニクロと同じと、ｅｘｃｅｌとＥｘｃｅｌでは違うので、同音異義語の感覚はあまりない。

いつかｅｘｃｅｌでお顔をばっちり整えて、Ｅｘｃｅｌで関数やマクロをバシバシ使いこなす……なんてささやかな夢のことは、誰にも言っていない。


オフィスに着くと、鬼塚と団はもう出社していた。今日に懸ける意気込みがうかがえる。

スペシャルマートといえば、山梨県《やまなし》で第一店舗を開店して以来、毎年着実に業績を上げ続け、現在は国内店舗数業界二位の大手コンビニチェーンである。ちょうど今年で創業三十年だったはずだ。取引が成立すれば、一気に大きな売り上げを見込める。

しかし大阪オフィスにいる御子柴に、事件が発生したようだ。

顔を紅潮させた鬼塚が、携帯電話から顔を離した。

「御子柴のやつ、ホテルにアダプタを忘れたうえに前日に充電してなかったらしく、パソコンの電源が入らないらしい。昨夜遅くまで大阪オフィスで仕事をして今日に臨んだらしいが、これじゃあ全部水の泡だ……」

「それは……。どうしようもないですね……」

莉名は申し訳なく思いながらも答えた。

大阪オフィスにアダプタの予備もないらしい。

「おい御子柴、とりあえず大至急でホテルに戻れ！　ホテルのロビーでもどこでもいいから、準備ができ次第すぐに参加するんだ」

御子柴も言っていたが、今回遅刻は厳禁だった。ましてやWEBミーティングである。WEBミーティングのアプリ『アビエイター』は、BBG側を主催者としてすでに開催済みだ。先方のうちひとりが本日自宅勤務となったため、WEBミーティングでの開催となったらしい。ミーティング用のサイトのリンクは事前に送ってある。先方がリンクを踏めば会議開始だが、いつ入ってくるかわからない。こうしている間に入ってくる可能性もある。

鬼塚と団のアカウントは参加済みだ。ここに御子柴も参加し、先方を迎えるはずだった——というのが今の状況である。

莉名は鬼塚に確認した。

「御子柴さんにホテルに戻ってもらうんですね」

「ああ。パソコンを持ってすぐにホテルに向かうよう伝えた。ホテルの忘れ物にアダプタがあったことは確認したそうだ。受け取り次第その場でミーティングに参加させよう。ただ今からだと遅刻は確定か……。蜜石さん、何とかできないかな」

「うーん……」と、莉名は考え込む。

徐々に頭が九十度に向かって傾き、フリーズしそうになったが——

「何とか……、何とか！　知恵を振りしぼっていただきたく！」

鬼塚の小さな体から迫力のある大声が放たれ、ハッと我に返った。このまま土下座でもしそうな勢いである。

そんなこと言われても困る。莉名はおそるおそる聞いてみた。

「こ、この際、正直に謝るというのはどうでしょうか――」

「無理無理、無理だ！　また遅刻だなんて印象が悪すぎる」

一瞬で却下された。

莉名はテーブルに両手をつくと、目を閉じて考えた。

突然の事態にみんな慌てているが、飲み込まれてはいけない。

ゆっくりと落ち着いて考える。気持ちを再起動だ――と考えるが、

「まったく何をしているんだあいつはー！」

「何とかならないものですかね……」

と、鬼塚と団の焦りが莉名にも伝わって、やはり集中できない。

「タクシーに乗ったら電話するよう伝えました。それまでに何かいい手を！」

そんなこと言われても、いい手の有無もわからないのに。

何もできないとなったらどうするのか。責任重大すぎる。

――いや、待った。

難しく考えなくてもいいじゃないか。莉名はあることを思い付いた。

4

――大至急オフィスからホテルに向かいます。タクシーに乗ったらすぐに連絡します。

鬼塚に伝えると御子柴は電話を切り、散らかった荷物を急いでまとめた。

ふー、と深く息を吐く。

シャワーを浴びて落ち着けば、準備は万端だ。そう考えていた少し前が懐かしい。

想定通りにならないことは多い。

だからそういう事態に直面したとき、どのように対処するかが肝心だ。

急がないと。荷物を持ち、部屋を出た。

鍵穴《かぎあな》に鍵を差し込んだとき、手に汗をかいていることに気付いた。

今がサラリーマン人生一番のピンチかもしれない。スペシャルマートと契約が成立すれば、BBG一の大口顧客となる。そんな大切な相手とのミーティングに遅刻するのだ。

前日に深酒しようが遅刻しない御子柴だった。グラスに酒が残っているのに次のグラスを頼む。そんな飲み方を繰り返しへべれけになっても、遅刻だけはしなかったのだ。

——俺が俺に自慢してどうするんだよ。酒豪自慢も今はむなしい。

そわつきながらエレベーターホールに立つ。早く来ないだろうか。普段はせっかちではないのに、何度も階数表示のランプに目をやってしまう。

ピンポンと音が鳴り、ようやくエレベーターが開いた。

御子柴は乗り込むと、一階のボタンを押した。

タクシーに乗って、車内でミーティングのアジェンダを確認して——と、ここからの流れを再度確認する。

そのとき再びピンポンと音が鳴り、二階でエレベーターが停《と》まった。

――うわ、俺ってば最悪だな。

一瞬、舌打ちをしそうになった。焦っても何も変わらないのに。

扉が開くと、トランクケースを持った男性が一人待っていた。

不自然な瞬間があった。男性は困ったような顔をしている。

男性が入れるよう、御子柴は壁際に移動したり後ろにずれたりするべきだった。普段なら自然とできるのに今はできない。思った以上に焦っている。

気付いた御子柴は、「あっ、すいません」と後ろにずれた。

「いいえ、こちらこそすいません」

男性は気にしていないらしく、笑顔で軽く会釈をしながら乗り込んできた。これぐらい悠長に向かえたらどれだけ楽か。

でも自分の取った行動だから、自分で責任を取る必要がある。

それでもエレベーターの降りる遅さにそわそわしていた。情けなかった。

外に出ると、さいわいタクシーが停まっていた。

そのうちの一台に、飛び込むようにして乗り込んだ。

「おはようございます」

五十歳くらいだろうか、ごま塩頭を丸めたドライバーが御子柴の方を振り向くと、柔和な笑顔を浮かべて言った。

「荷物、横に置けますか？　後ろのトランクにも入りますけど」

「あっ、横に置いたままで大丈夫ですよ。ありがとうございます」

御子柴は笑顔で返した。

「それならシートを下げれば、ちょっとは窮屈さが薄れますかね。お待ちください」

ドライバーは運転席から降りると後部座席に入り、荷物がある側の座席を後ろに下げた。

「どうですかね、これで」

ドライバーは再度、人のよさそうな笑顔を見せた。

早く出発してほしいが、この親切心を無下にしたくない。

BBGの社員という立場、つまりスペシャルマートとのミーティングを最優先するべき立場であることを考えれば、話を切り上げて急がせるのがいいかもしれない。こういうとき、会社を第一に考えて冷淡になりきるのが正解なのだろう。

——でもそんなこと、俺にはできないな。甘いのだろう。

自嘲して自分を正当化している。駄目だなあ、と思う。強い要求をしたくないだけ、ドライバーを嫌な気分にさせたくないだけ。それが言い訳なのか本心なのか自分でもよくわからない。ただ後ろめたさは確かに感じている。

運転席に戻ったドライバーに、御子柴は行き先を告げた。

「すいません、急いでいただけると助かります」

ようやくこの言葉を伝える。ドラマとかでよく見るシーンだな。こんな切羽詰《せっぱつ》まった状況でも、呑気《のんき》にそんなことを思う。

「急ぎですね。わかりました」

ドライバーはうなずいた。時刻は七時五十分。ミーティング開始には間に合わない。

タクシーが動き出した。

流れ出した景色を確認すると、すぐに鬼塚に電話をかけた。

当然、まだ鬼塚は怒っているだろう。仕方ないとはいえ憂鬱《ゆううつ》である。

5

莉名からふたりに提案した。

「御子柴さんから電話が来たら、スピーカーモードにして話を聞きましょう。三人で御子柴さんの話を聞けます」

そのときタクシーに乗ったのか、鬼塚の社用携帯に御子柴から着電があった。

鬼塚は莉名の言う通り、スピーカーモードにしてつないだ。

「鬼塚さんお疲れ様です、御子柴です。無事タクシーに乗りました」

「おーい、無事でも何でもないだろ!」

——そこは別にいいのに。

鬼塚も余裕がなく、何に怒りを向けているのかよくわからない。

莉名は先ほど思い付いたことを伝えるため、電話に向かって話しかけた。

「もしもし御子柴さん。おはようございます、蜜石です」

「あっ、蜜石さんおはようございます。やっちゃいましたよ。バッテリー、保《も》つかと思ったのですが、突然落ちてそれっきりなんです。どうしましょう？」

莉名は疑問に思った。

突然電源が落ちた？　それならパソコン故障の可能性がある。ただ今の最優先事項は、WEBミーティングを切り抜けることだ。

「落ち着いて、最善を尽くしましょう」

そう御子柴に語りかけているが、実は莉名自身にも言い聞かせていた。こういう突発的な事態は、人一倍苦手である。

「蜜石さん、俺のアビエイターアカウントのパスワード教えるので、別の人にログインしてもらうのはどうですか？」

「出席には間に合いますけど、御子柴さんのアカウントで別の人が入ったら怪しいです」

「ならこれはどうでしょう。俺のアカウントでログインしたパソコンの近くに携帯電話を置いて、携帯電話越しで俺が話します」

急に推理小説のトリックみたいなことを言い出した。「それだー！」と鬼塚が野太い声をあげて盛り上がり始めた。どうか落ち着いてほしい。

「音声がこもらないか検証できればいいですけど、今からではちょっと……。大丈夫です御子柴さん、それよりいい方法があります。社用携帯にアビエイターをインストールして、そこから会議に参加してください」

会議に参加する端末は、パソコンでなくてもいいのだ。

鬼塚と団の顔が同時にパッと明るくなり、「なるほど！」と笑顔を見合わせてよろこんでいる。

だが御子柴の反応は「それが……」と芳《かんば》しくない。

「先方にお見せする資料が、俺のパソコンの中にしか入っておらず……」

となると社用携帯の利用も、完全な代替案とはならない。

「うーん……。だとすると、やはり御子柴さんのパソコンの起動が必須ですね」

莉名の言葉に、鬼塚と団の顔が同時にシュンと曇る。

ぬか喜びさせてしまい謝りたくなる。情シス業務は、こちらに落ち度がなくても申し訳なくなることが多い。そして莉名は、その都度しっかり落ち込んでしまう。

再び御子柴の声がした。

「俺、携帯で会議に参加しながらホテルに向かいます」

「どれぐらいで着きますか？」

「あと十五分から二十分ぐらいだそうです」

「わかりました。遅刻厳禁ならそれしかないですね。カメラ画像を映したら移動中とわかってしまうので、ビデオカメラはオフにしておきましょう。先方には、ネットワーク不良で画像が映らないとごまかすしかないです」

「わかりました」

「それと御子柴さんの社用携帯は、アビエイターを起動するので通話ができなくなります。私用携帯はお持ちですか？　そちらで話せるようにしておくと安全かと」

「なるほど！　番号をお伝えします」

莉名は御子柴の私用携帯の番号をメモした。

「それでは電話を切りますね」

御子柴との通話が終わり、しばらく待っていると、アビエイターに御子柴のアカウントが参加してきた。社用携帯にインストールしたのだろう。

「できた！　よかったー」

と、パソコンから御子柴の声が聞こえてきた。

ただ一つ誤算があった。御子柴の声と一緒に、車が走る音も拾ってしまっている。

だがずっとミュートにするのも怪しい。莉名は鬼塚に向かって尋《たず》ねた。

「普段ＷＥＢミーティングをする際は、マイクのミュート機能を使っていますか？」

わからなかったのか、鬼塚が団に助けを求める。団が代わりに答えた。

「使っていませんね。全員マイクをオンにして話しています」

「今日は発話者がミュートを解除して話すよう、先方に提案できませんか？　なるべく御子柴さんのマイクから外の音が入ってくるのを防ぎたいです。最初のあいさつや最低限の発表などはしょうがないですが」

「急にどうしたと、変に思われないか？」

「顔を映さない理由と一緒にしましょう。御子柴さんのネットワーク状況が悪いので、負荷を減らすためという理由で押し通すしか。御子柴さんはホテルに到着してパソコンで会議に入り直すまでは、なるべく話さないようにするのが無難です」

「御子柴。今の話聞こえたか？」

団がパソコンに向かって話すと、御子柴の声がした。

「はい。この後ミュートします。あと資料ですよね……。更新前の資料でしたら営業部の共有フォルダに置いてあるので、鬼塚さんと団さんでもアクセスできます」

その言葉を受けて、莉名は鬼塚と団に伝えた。

「御子柴さん到着までは更新前の資料を共有して、御子柴さんがパソコンにログインしたら共有し直しましょう。それと、そろそろ先方が入ってくるかもしれません。アビエイター上で話すのはやめて、携帯電話で話しましょうか」

鬼塚が社用携帯から、御子柴の私用携帯に電話をかけた。

すぐに御子柴が出たので、スピーカーモードに切り替える。

莉名は御子柴に伝えた。

「先方には御子柴さんの顔映像が映らないことと、発話者のみミュート解除して話す形にしてほしいとお伝えします。ホテルに着いたら社用携帯の会議を抜けて、パソコンから再度入ってきてください。その時は顔を映しても大丈夫なようにご準備してくださいね」

「承知いたしました。ご迷惑をおかけします……！」

続けて莉名は、鬼塚にも伝えた。

「正直だいぶ無理がありますが……。これで乗り切れますでしょうか」

「いや、いろいろ手を打ってくれて助かるよ。ありがとう」

申し訳なさそうに鬼塚は言った。

まだ先方二人は入ってこない。七時五十五分。八時まであと五分だ。

「もうおふたりもスタンバイした方がいいと思います。私はどうしましょうか？　ここに待機するか、もしくは退出した方がいいですか？　いないふりをして、こっそりここで待機することもできますが……」

会議の内容がセンシティブな場合、莉名はここにいるわけにはいかない。

腕を組んで迷う鬼塚に、団が提案した。

「了解が得られたら、蜜石さんにここにいてもらいましょう。御子柴に何かあったときにすぐ動いてもらえますし」

「そうだな。蜜石さん、すいません。もうこの際です、御子柴のことは全部任せました」

何の際なのだろう。丸投げされた感がすごい。

気付いた団が、すまなそうに手を合わせてきた。誰も彼もいっぱいいっぱいである。

「……わかりました。先方に聞かれたくないことなどありましたら、グストで送ってください」

「わかった。頼む！　うまくいってくれよ……！」

鬼塚は手を合わせて祈り始めた。

6

本当なら大阪の街並みを楽しんでいたはずなのに、とてもそんな余裕はない。むしろ見慣れない景色が、取り残されたような不安を誘う。

——まいったな。こんなことになってしまった。

社用携帯でアビエイターを表示させているが、今のところ動きはない。まだ先方は会議に参加していないようだ。

「大変そうですな。急がないと」

電話の内容で察したのか、ドライバーが真面目な顔付きになった。

「ありがとうございます。でも安全運転優先でお願いしますね」

「承知しました。安全に急ぎますね。安全に急ぐとは矛盾してますが、経験を積むと不思議と矛盾しなくなるものです」

何とも頼もしい一言だ。

街を何度も走ってきた経験が、このドライバーに自信をもたらしているのだろう。

「助かります。よかったです、あなたに運転していただけて」

「運転しかとりえがないですからね。家では妻と子どもの尻《しり》に敷かれっぱなしですよ。ほめてもらえるのは遠出する際の行き帰りぐらいですね。要は運転です」

ドライバーはそう言うと、相好を崩した。

「あっ、お仕事ありましたら静かにしてた方がいいですか？」

「いや、今は大丈夫です。あとどれぐらいで着きますか？」

「十分……を少し越えるくらいですかね」

「承知しました。ありがとうございます」

「あそこのホテルのモーニング、おいしいですよね。宿泊客でなくても利用可能なので、たまにお世話になっています――」

――ですよね、と話そうとしたとき着信があった。鬼塚からだった。

「すいません」と、ドライバーに断りを入れて電話に出る。

「もしもし」

「御子柴急げよー。今フォルダにあった更新前の資料を開いたのだが、ここからどれぐらい修正加えた？　覚えている範囲でいいから教えてくれ」

「えーとですね……」

御子柴は鬼塚に伝えた。練習で何度も見直したので、思いの外覚えていた。

「だいぶ修正してるな……。しょうがない、口頭で補足説明だな」

「すいません」

「まだ着かないのか？　そろそろ先方も来るぞ」

「あともう少しです」

「一秒でも早くな！　パソコン手に持って、電源入れながらホテルに駆け込め！　コンセント見つけてすぐ参加してこい！」

だいぶ興奮気味である。その電源が入らないという話をしているのに……なんて言ったら大目玉を食らってしまう。御子柴はひとりで頭を下げていた。

「あっ、御子柴ー。俺もいいか」

そこに今度は、団の声がした。

「お前、向井《むかい》さんに初めてお会いしたとき、その場に店舗開発部の人もいて名刺交換したって言ってたよな？　名前わかるか？　お名前出せたら、話題になるかと思ってな」

「はいはい。えーと、誰だっけな……。名刺ソフトはパソコン開かないと見られないしな」

「お前はことごとく……」

「いや、待ってください！　手帳に名前を書いた気がします！」

バッグのファスナーを開き、底にあった手帳を取り出しパラパラと中を開いた。

「団さん。ありました！　田尻《たじり》さんです」

「田尻さんだな。わかった。待ってるから気を付けてな」

ピッと音がして、電話は切れた。

同時にドライバーが声をかけてくる。

「お待たせしました。もう間もなくですよ。車はどこに停めればいいですか？」

一瞬返答が遅くなった。アビエイターの画面に動きがあったからだ。

――ついに始まったか！

先方がＷＥＢミーティングに参加してきたのだ。

時刻はちょうど八時だった。

7

八時になると同時に、アビエイターのミーティング画面に動きがあった。『向井英一《えいいち》』と書かれたウィンドウが、ＢＢＧメンバーのウィンドウと並んで表示される。

「お待たせしました。申し訳ないです、ぎりぎりになりました」

ウィンドウに短髪の若々しい印象の男性が映った。スペシャルマートの担当者の向井英一だ。マスクにはスポーツブランドのロゴが描かれている。

同じく『橋本理子《はしもとりこ》』と書かれたウィンドウも立ち上がった。

「お世話になっております。本日はよろしくお願いいたします」

お辞儀をして画面に現れたのは、長い髪の女性だった。マスクで下半分は見えないが、彫りの深い綺麗な目を見ると、はっきりとした顔立ちをしていそうだ。

向井はバーチャル背景機能を使い、背景を別の映像に切り替えている。本日は向井が自宅から、橋本は会社オフィスからの参加になるそうだ。

バーチャル背景とは、ウィンドウに映り込んだ背景をぼかしたり、壁紙のように別の画像に切り替える機能である。今の向井のように在宅勤務や、オフィスでも背後に映したくないものがあるときに、情報漏洩《ろうえい》を防ぐ効果がある。

コロナ対策としてテレワークが推奨されているため、WEBミーティングなどのセキュリティの陥穽《かんせい》を狙った攻撃は増える一方だ。情報処理推進機構、略称IPAは毎年、情報セキュリティ十大脅威を公開しているが、二〇二一年に『テレワーク等《など》のニューノーマルな働き方を狙った攻撃』がランクインされたことは記憶に新しい。

鬼塚が説明を始めた。

「よろしくお願いいたします。向井さんに橋本さん、まずはすいません。御子柴が大阪オフィスからの参加なのですが、ネットワークが不調らしく……。顔が映らないのです」

パソコンから御子柴の声が聞こえてきた。一時的にミュートを解除したのだ。

「向井さん、橋本さん。いつもお世話になってます、御子柴です。申し訳ないです、今映っていないようで。すぐ直ればいいのですが」

「いいえ、しょうがないですよ。BBGさんには大阪オフィスもあるんですね」

次に鬼塚が莉名を紹介した。

「それと御子柴のサポートで、ここに情シスの人間がいるのですが、大丈夫でしょうか」

莉名は鬼塚のパソコンから顔をのぞかせた。

「お世話になっております。BBG情シスの蜜石と申します」

「お世話になります。はい、このまま参加していただいて大丈夫ですよ。みなさん、こちらこそ急遽WEBミーティングにしていただいてすいません。ありがとうございます」

鬼塚が「いえいえ」と手を横に振って言った。

「いろいろご事情もあるかと思いますので。よろしければ、是非またお会いしてお話ししたいものです」

「そうですね。また落ち着いたら……。早く落ち着いてほしいですね」

向井はしみじみとうなずいた。

「向井さん、いろいろ恐縮なのですが、ネットワークの負荷を減らすため、本日は基本マイクをミュートして、発話者のみミュートを解除して話すというのはいかがでしょうか。いやー、本当御子柴のやつがタイミング悪くて参りますよ……」

笑ってごまかそうとする鬼塚に、

「大丈夫ですよ。ミュートしたまま話さないように注意しましょう。お互い熱い思いがミュートされてたらがっかりですから」

と、向井も軽い冗談で返してきた。なごやかな雰囲気でスタートできそうだ。

「ありがとうございます。それでは始めましょうか。あらためてよろしくお願いいたします！」

鬼塚のあいさつに、御子柴以外、顔を映した四人が同時に頭を下げる。

「お願いします」と御子柴の声も重なった。

ついにスペシャルマートとのＷＥＢミーティングが始まった。

まず、鬼塚が話し始めた。

「これまで何度か打ち合わせのお時間をいただき、弊社についてご説明させていただきました。本日はスペシャルマートさんと弊社がお取引となった場合、双方にどんなメリットがあるか、詳細にお話しできればと思います」

そう言うと、鬼塚はパソコンで資料を共有した。ただこれは古いバージョンである。御子柴がパソコンを立ち上げるまでは、これでやりすごす必要がある。

「まず資料の一ページ目を見ていただきます」

営業部のミーティングに初めから参加するのは、莉名も初めての経験だ。普段はパソコンのトラブルなどで、一時的に会議室に入るぐらいである。

鬼塚はよどみなく説明を続けた。

団も現場担当者としての視点から、鬼塚の説明に補足を加えている。

元々は御子柴が説明する予定だったはずだ。だが鬼塚はすらすらと説明しており、先方からの質問にもはっきりと答えている。

莉名は圧倒されていた。

日頃から自社の製品について、先方との交渉状況について、熟知しているからこそできる芸当だ。

プロフェッショナル。ありきたりだけど、その言葉が浮かんだ。

先日の梅沢の話を思い出す。

――私の強みって何だろう。

強みとは、一朝一夕には築き上げられないものだろう。毎日、と一言にするには長すぎる日々を積み重ねて、ようやく見えてくるものなのだ。

――でもそんなこと、私にできるのかな。あんなに駄目だった私に。

『まだ何も身に付けてないのにもう辞めるの？　無駄な時間を過ごすの好きなんだね』

かつて言われた言葉がよみがえる。

みじめで情けなくて、体の中が焼けるように熱くなったあのとき。

――今私は、何かを身に付けているのか。無駄ではない時間を過ごせているのか。いたずらに時を重ねているだけではないか。

そう考えると、全てを投げ出したくなるときがある。だけど投げ出す勇気さえない。

今の莉名はまだ、前向きに日々を重ねる勇気よりも、長い時間を重ねる辛抱強さが自分にあるのかという不安の方が勝っていた。

「……！」

首を傾けている自分に気付いた。フリーズしていたらしい。サポートとはいえ莉名も参加者だ。ボーッとしてはいられない。

順調に鬼塚の話は進んでいた。

だがあるとき、向井が「なるほど」と相づちを打ってから、何気なく口にした。

「鬼塚さんのお話をもう少し資料に盛り込んでいただけると、より理解が深まりますね」

一瞬、鬼塚と団の顔が固まった。おそらく御子柴も同じだろう。

「確かにそうかもしれません。補足資料は会議後に提出します」

やはり御子柴の資料が必要なのだ。時間的にもうすぐ到着するはずである。

これ以上莉名にできることはない。それがもどかしい。

「申し訳ないです。パワーポイントの資料作成がまだまだ下手でして、口頭で説明しようとしてしまいます。でもこれではいけませんね。悪い癖《くせ》です」

すると向井が「私も同じですよ」と笑った。

「お互いの理解のためにも、もっと身近なツールを使いこなすこと、世間に合わせて意識を変えていくことが必要ですね」

鬼塚は向井の言葉にうなずいた。

「ニューノーマルとも言いますし、一生勉強ですね。WEBミーティングの利用も気が付けば当たり前になりましたから。意識を変えていくのはコロナについてもそうだと思います。もちろん感染対策はしっかりしていますが、私の周りに感染者がいないので、どこまで徹底すればいいか難しいところです。うがい、手洗いで何とかなればいいのですが」

ガハハと笑う鬼塚に、向井も「――まったくです」と、うつむきほほ笑んだ。

そこに橋本が割り込むように、「すいません、質問いいですか?」と手を挙げた。

「御社の商品についてなのですが——」

鬼塚と団が答える。

それを聞きながら、莉名は気になったことがあった。

——念のため、御子柴さんに言っておくか。

用心するに越したことはない。

御子柴にグストで連絡を入れた。パソコンを起動すれば読んでくれるはずである。

それでその御子柴は、いつホテルに到着するのだろう。そろそろのはずだが——

そのとき、会議から御子柴が消えた。

8

ようやくここまで来た。

御子柴はアダプタをパソコンにつなぎ、電源ボタンを押した。

実際はたかが数時間ぶりの作業なのに、ずいぶん久しぶりな気がする。

当たり前だが、電源は問題なく入った。

ログイン画面が映るまでの数秒間、真っ暗な液晶画面に御子柴の顔が反射して映った。疲れているように見えた。

9

グッと眉根《まゆね》に力を入れて、顔と気持ちを整える。

ログインすると、デスクトップ画面に会議用の資料ファイルがあった。共有ファイルに保存していれば、こんなに苦労しなかったのに。ファイルをローカルに置かないようにと、情シスにアドバイスを受けたことがあった。真剣に聞かなかった己の愚かさを恥じる。

御子柴はすぐにアビエイターを立ち上げた。

スペシャルマートとミーティング中であることを示すアイコンが表示されている。

まず社用携帯で入っていたミーティングを退出し、すぐにパソコンで入り直した。

アビエイターはミーティング参加時に音声をミュートさせるか、顔を映すか指定することができる。御子柴はミュートの設定を解除し顔を映した。後方はバーチャル背景で隠した。これで準備万端だ。

だが、そのときだった。

グストのメッセージ受信のポップアップが立ち上がった。東京にいる莉名からだった。

——どういうことだ?

メッセージの意図がわからず不思議に思いながらも、理由を問いただす余裕はない。

御子柴はあらためて何かをすることもなく、会議に入った。

御子柴はおそらくホテルに着いたのだろう。

「あれ、御子柴が消えましたね。大丈夫かな、ネットワークのせいですかね」

「そうみたいですね」

事情を知っていると滑稽《こっけい》だが、当人たちは真剣だ。

さいわい御子柴のアカウントはすぐに立ち上がり、今度は御子柴の顔が表示された。

ようやく、である。莉名はホッと息を吐いた。

「失礼しました。一回落ちちゃったんですけど、また元通りになりましたね。あらためてよろしくお願いします！」

元気よく戻ってきた御子柴。あらためるも何も、先方からしたらほんのちょっとのネットワーク不良がすぐ復旧しただけである。

満を持しての登場です、といった雰囲気は不自然だ。

莉名はすぐに、グストで御子柴にメッセージを送った。


御子柴さん！　気を取り直して感が強すぎます！　もっと自然に再開してください。


一瞬、ビデオカメラの御子柴が「しまった」といった表情を見せる。

鬼塚が呆れたように、小さくため息をついた。団もしぶい顔で頭をかく。

だが、御子柴の顔付きが変わった。

「ネットワークも直ったようですし、ここからは私が説明させていただきます」

御子柴は普段一人称が『俺』だが、『私』と丁寧な口調になった。いつも同じフロアで働いているのに、初めて見る御子柴の姿だった。

資料の共有が切り替わった。御子柴が映したのだ。

「すいません、おかしいなと思ったのですが、資料がワンバージョン古かったようです。この資料で再度説明いたします」

御子柴は真剣なまなざしで、カメラに目を向けていた。

「中学生のときは、塾の帰りにスペシャルマートでお菓子やフライドチキンを買って、みんなでお店の前で食べてから帰っていました。高校生のときは、昼休みや放課後に学校近くのスペシャルマートで買い物をしていました。ペンやノートを忘れて買いに行ったりもしましたね。大学時代にはアルバイトをさせてもらいました。スタッフとして働くことで、いっそうスペシャルマートのことが好きになりました。そして社会人となった今も、朝にコーヒーを買いに行ったり、会社帰りに夕飯を買ったりしています。私の人生には、常にスペシャルマートが寄り添っています。これを見てください――」

御子柴は、一枚の小さな紙を取り出した。

「実家にあったのですが、何と私が中学生のとき、スペシャルマートで買い物をしたときのレシートです。フライドチキンとおにぎりを買っています。おそらく塾帰りでしょう。仲間たちとの思い出がよみがえります。御社のキャッチフレーズ、『あなたと長いおつきあい』の通り、私は今までも、そしてこれからもスペシャルマートにお世話になります」

向井も橋本も、そして莉名も聞き入っていた。

「ＢＢＧも、『気持ちを伝える文具』をキャッチフレーズに商品展開しております。私どもは、文房具という日用品を通じて、日常の小さなしあわせを互いに共有してほしいと考えております。スペシャルマートさんの、長く顧客と付き合いを続けていきたいという思いに、私どもも参加させていただけたら光栄です——」

御子柴の言葉は力強く、説得力があった。

これが御子柴の「強み」なのだろう。身振り手振りを交え、思《おも》いの丈《たけ》をぶつけ、相手の心を震わせる。さっきまで、遅刻で焦っていた御子柴と同一人物だとは思えない。

鬼塚と団も、黙って御子柴のスピーチを聞いている。満足そうな顔から察するに、口を挟む余地はないと判断したのだ。

「——以上になります」

御子柴の説明が終わった。

黙って資料に目を通し続ける向井。

「わかりました。ありがとうございます」

フーッと息を吐くと、向井が顔を上げた。

スペシャルマート側からいくつか質問が来たが、すべて御子柴はよどみなく答えた。

「――私どもからは以上で大丈夫かな。ありがとうございます。だいぶ理解できました。御社の弊社との契約に対する思い、しかと受け止めました」

BBG側三人の顔が明るくなる。

だが向井の話は、そこで終わらなかった。

「しかしはっきり申し上げますと、御社の商品導入については、社内で厳しい声が上がっているのも事実です。もっと慎重に進めた方がいいと」

三人とも噛みしめるように、向井の話を受け止めている。

「ですが本日お話を伺って、御社のプラン、そしてその展開が私どもにとってもどのようにプラスに作用するか、よく理解できました。私個人としては、是非いい方向に進めたいです。異動前にしっかり引き継ぎさせてもらいます」

鬼塚がおどろいた表情をした。

「ご異動されるのですか？」

「はい。いろいろ思うところありまして異動することになり、今後は内勤となります。BBGさんと最後までご一緒できず残念ですが、私もこのまま終われません。後任にしっかり引き継ぎます。蓮田《はすだ》というのですが、優秀なやつなのでBBGさんにとっても心強いパートナーとなるはずです。本当は今日参加させたかったのですが別件があったので、あらためてご連絡させていただきます」

BBG側の三人は深く頭を下げた。

「それでは時間ですので終わりにしましょうか。今日はありがとうございました。またご連絡いたします」

向井の言葉でミーティングはお開きとなった。

10

――無事会議を終えられてよかった。

莉名は小さく息を吐いた。想像以上に気を張っていたらしい。まだ朝早くなのに、一日がかりの大仕事を終えたような疲労感である。

向井と橋本がミーティングから退出するのを確認してから、

「終わった――」

と、鬼塚が大きくため息をつき、椅子の背にもたれながら天井を見上げた。

「何とか、なったような気がします」

団の言葉に鬼塚も「そうだな……」と小さくつぶやいた。

「だがその前に御子柴！」

「は、はい！」

画面に映った御子柴の顔が歪《ゆが》む。

「何してくれてるんだ」

「ほんっとうに申し訳ございません！」

ペコペコと何度も頭を下げている。

「二度とこんな危ない橋渡るなよ。でもプレゼンは見事だった。できることはやったな」

御子柴のことなのに、莉名は胸がすくような思いだった。

「はい、思いは全部ぶつけました」

そう言って御子柴は頭を下げた。

勢いよく下げすぎて、画面からスクリーンアウトしている。

呆れた様子の鬼塚だが、ハッと気付くと莉名の方を向いた。

「それより蜜石さん。朝からありがとうございました。この馬鹿にはきつく言っておきます。本当に、本当にありがとうございます」

「ありがとうございます」と、団も続く。

ふたりに頭を下げられて、莉名は一瞬、言葉に詰まった。

「――そんな、お役に立てたならよかったです。うまくいきましたか？」

「先方も特に不自然さは感じていなかったようですし、大丈夫かと思います。これでうまくいかなかったら営業の責任です」

情シスはよくこんな言われ方をするが、つまりサポートが失敗したら全部情シスの責任になるのだろうか。そう考えるといつも怖くなる。責任を追及されたことはないが。

いずれにしろ、問題なかったなら大成功だ。

無事サポートできた安心感と、お礼を言われたうれしさで気持ちが満ちてゆく。

やわだなとは思うが、莉名はこうして感謝されると、たまに泣きそうになる。

うれしさもあるがそれ以上に、自分なんかでも人の役に立てたと安心するからだった。こんな自分なんかでも。

こっそり感動していた莉名だったが、そこに御子柴が声をかけてきた。

「蜜石さん！　ありが――」

残念なことに、言い終わる前に画面がフリーズした。御子柴は半目で変な顔になっている。

鬼塚が「おーい」と声をかけても反応しない。

「お礼を言うならちゃんと最後まで言えよ。しかし会議中じゃなくてよかったな」

団の言葉に、ドッと笑い声が上がった。

期せずして現れた御子柴の変顔に、莉名も笑ってしまった。

会議室の窓に陽が射《さ》し込《こ》み、御子柴が映ったディスプレイを照らす。

まだ朝である。いい一日の始まりだ。

また一つ、大変な業務を乗り越えられた。小さな自信を抱きしめる。だけど――

コミット・コミット。で、いいのだろうか。

莉名には気になったことがあった。

11

グストで御子柴からダイレクトメッセージが来ていた。

本当にありがとうございました！

と、両手を合わせたお詫びの絵文字が、三つも使われている。

いつも細かいところまでサポートいただいて助かります。蜜石さんのその姿勢に、いつもみんな助かっています！

またうれしい言葉をもらえた。短いそのメッセージを何度も読み返す。

ほめられた喜びをやたらに噛みしめる私は恥ずかしいな、と思う。自信がない分、肯定的な評価をもらうと強く受け止めてしまう。

ありがとうございます。

それだけ打って指が止まった。感謝の意を伝えたいのに、その先が言葉にならない。喜ぶだけ喜んでおいて、返すときは一言で済ますことしかできないのが今度は情けない。

そんな莉名の気持ちはいざ知らず、御子柴からまたメッセージが飛んできた。

蜜石さん、本当にナイスプレーでしたね。ナイスプレーと言えば、俺もホテルにうまく滑《すべ》り込《こ》みセーフしましたし。

うって変わって茶目っ気のある投稿だ。思わず笑ってしまった。気持ちがスッと軽くなる。

莉名はすぐに返信していた。こっちはすぐに文字にできた。

あれは八時越えてましたし、アウト……じゃないですかね。

今度はお詫びの絵文字だけが五個、すぐに並んだ。

——面白い人だな。

笑いそうになったところにもう一度、御子柴からメッセージが届いた。

そう言えば、会議前に来たメッセージ、あれ何だったのですか？『ちゃんとマスクをして顔を映してください』って。ずっと付けていたので大丈夫かなと思い、俺の顔をそのまま映しましたけど。

それなら取り越し苦労でしたね。すいません。

説明もなしにいきなりだったから、不思議に思っただろう。

莉名は説明することにした。

今回、突然WEBミーティングに変更となったこと、向井さんのみ在宅勤務だったこと。それに加えてですが、鬼塚さんが直接お会いしたいと伝えたときや、コロナが手洗いとうがいで防げればいいのにと冗談を言ったとき、向井さんの返事の歯切れが悪く感じました。そのタイミングで橋本さんが質問をしてきたのも、話題をそらしたように思えました。

これらから、もしかして向井さんはコロナに対して慎重なスタンスをとっているのかな、と思ったのです。『いろいろ思うところありまして』とおっしゃっていたので、ご自身が内勤を希望して異動されたようですし。

なるほど。そうかもしれませんね。

それで御子柴さんにマスクをするようお伝えしました。急いで来たため、暑くて一時的にマスクを外しているかもしれませんし、大阪オフィスと聞くと、向井さんは多くの人が働いている場所を想像するかもしれなかったので。

御子柴がマスクを付けずに画面に現れたら、向井は引っかかるかもしれない。そう考えた莉名は、一応御子柴に伝えておくことにしたのだった。

なるほど、そういうことだったんですね。ちょっとしたことですけど、それで印象悪くしちゃったらもったいないですもんね。ありがとうございます！

いいえ。でもマスク付けたままだったなら、気にしなくてよかったですね。


御子柴が気になっていたことを莉名は伝えた。

同じように莉名にも気になったことがあった。

それは御子柴のことだったのだが、ここでは伝えられなかった。

12

今回の出張目的をすべて終えた御子柴は、大阪オフィスから出る準備を進めていた。新大阪駅から新幹線に乗って帰るが、今度こそ時間に余裕があるはずだ。

デスクの上のパソコンを閉じる。

いろいろあって疲れた。荷物を片付けようとしたが、その前に椅子にもたれて宙を見た。

今朝のＷＥＢミーティングを思い出す。

御子柴は向井に対する配慮にまでは気が回らなかった。だが莉名は違った。

グストでは軽くお礼を言っただけだが、内心はもっと強く気持ちを打たれていた。

新型コロナウイルスの蔓延により、世の中は大きく変わった。個々人の価値観や行動原理が今までより可視化され、互いに配慮が求められるようになった。

価値観はいくらでも細分化できる。同じ人でもそのときそのときで変わることもある。他人の行動原理なんてそんな簡単にわからない。その人を取り巻く行動原理を決める要素をすべて、数え上げることもできない。当然だ、今までもそうだったはず。

――それなのに、今まで俺はどうしていたのだろう。よくやってこられたな。

過去の自分にさえ疑問を感じてきた。気持ちを強く持っていないと、すぐに足下が覚束《おぼつか》なくなる。アフターコロナはそんな時代なのかもしれない。

複雑化していく世界で、自分の気持ち一つを胸に生きていくのも手だ。

でも御子柴は、それが嫌だった。

確固たる自分が必要な今だからこそ、もっと相手を思いやりたい。

莉名の言ったことが合っているかはわからない。でも自然と想像を働かせたそのことが素晴らしいのだと思う。

こんな世の中だ、多くの人とすれ違う中で、時にはわかり合えないことをわかり合うことにもなるだろう。だからこそ、わかろうとすることが大切なのだ。

そんな思いやりを持てる人。

――やっぱ俺は、蜜石さんのこと。

予感はとうに確信に変わっている。なのに何度も確信を繰り返しては胸を焦《こ》がす。想った数だけ、今のままでは何も変わらないことを思い知る。思い知った数だけ、莉名が遠くなっていく気がする。だからその前に——

どう伝えればいいいか。そんなことを考えながら、今度こそ荷物を片付け始めた。

しっかりと戸締まりを確認し、東京に戻ろうとした御子柴だったが、天満駅の改札を抜けてホームに立ったところで、

「マジか！　嘘だろ俺、本当にやらかした……？」

と、頭を抱えることになった。

結局オフィスに引き返し、そのせいで新幹線にはぎりぎり駆け込む羽目になった。今回の出張は最後までてんやわんやだ。

こんなことになった理由は一つ。莉名のことで頭がいっぱいだったせいだ。

御子柴は大阪オフィスのデスクの上に、パソコンのアダプタを忘れたのである。

13

それから数日後。

莉名は勤務を終えてビルを出た。何となく顔を上げて空を見る。

段々と日が落ちるのが早くなってきた。退勤時に見る空の群青《ぐんじょう》が、日に日に色濃くなっていく。そろそろコートを出そうか。

八丁堀駅の方へ向かって歩いた。

会社裏の静かな道を通り、駅に続く大きな通りに出たところで、知った顔が駅方面から歩いてきた——御子柴だった。

御子柴も莉名に気付いたようで、目を大きく開くと小走りでやってきた。

「蜜石さん、お疲れ様です」

莉名は御子柴の顔を見上げた。

「お疲れ様です、御子柴さん。今戻りですか?」

「はい。これから戻って事務作業なんですよ」

「最近全然、社内にいませんよね」

「営業職的にはありがたいことですけどね。あっ、大阪の出張土産、今度渡しますね。『ドライフルーツの海苔《のり》巻《ま》き』です」

「お、おいしそうですね——」

あぶない。漫画だったらこめかみに汗が垂れて、薄笑いを浮かべていたにちがいない。

「おいしかったですよー。それより蜜石さん——」

御子柴は、莉名に頭を下げた。

「この間のWEBミーティングのこと、ちゃんとお礼言えてませんでした。本当に助かりました。ありがとうございます」

「あっ、いいえ。うまくいってよかったです」

私服姿でしっかり御子柴と顔を合わせるのは初めてだった。

ベージュのニットにボルドーのマフラー、黒のロングスカート。御子柴に見られるとなると、急にみすぼらしく思えてきた。御子柴はどう思っているのだろうか。

「蜜石さんのおかげで大成功でしたよ。鬼塚さんにはこっぴどく怒られましたが」

と、先日の顚末《てんまつ》を照れくさそうに教えてくれた。

「それと向井さんの件も助かりました。あの後向井さんが連絡をくれて、やはり異動理由はご家族が新型コロナウイルスに感染したことだそうです。さいわい症状は軽かったようですが、向井さんも考えた結果、当面の間は感染リスクが低い内勤に異動することにしたそうです」

「そうだったんですね……。思い過ごしだったら失礼かと思ったのですが」

莉名の予想は当たっていたらしい。病気のことである、外れた方がよかったのだが。

「もし思い過ごしでも、その気遣いが大事なんですよ。鬼塚さんも悪気はなかったんでしょうし、それなのにちょっとした意識の行き違いで、向井さんを不快にさせてしまったら申し訳ないですから。俺も勉強させてもらいました。こんな時代です、どんな価値観を持っているかは人それぞれです。だから蜜石さんみたいに、目の前の相手を理解できる優しさが必要ですよ」

ほめられ慣れていない莉名は、手を大きく横に振る。

「私の考えることなんて、そんな。おせっかいになっちゃうかもしれないですし。今回はたまたまお役に立てただけでして」

——おせっかい。

信号が赤に変わるのが目に入り、昔言われた言葉を急に思い出した。

『鬱陶《うっとう》しいな。一人になりたいから余計な詮索《せんさく》してこないでよ。私の考えていること全部、いちいちあんたに伝えなくちゃいけないの？　何か見返りほしいの？』

前にいた職場で、疲れた様子を見せた上司が心配になり、莉名は話しかけた。

『大丈夫ですか？　疲れているのかなと思いまして』

それに返ってきた言葉だった。ショックだった。

別に見返りを求めたわけではない。ただ心配になっただけだった。

でもショックを受けたということは、感謝してもらえるという見返りを求めていたのだろうか。だとしたら莉名は、人を思いやるとはどういうことなのか、理解できる日は来ないかもしれないと思った。

その日の帰り、呆然《ぼうぜん》としていた莉名は赤信号の横断歩道を渡ろうとしてしまい、激しいクラクション音とともにドライバーから怒鳴られた。

みじめさに泣いたあの頃である。

「あの……」

——どうしようか。

御子柴に聞いてみようか、迷っていることがある。黙っていた方がいいのか、それとも笑い話でもするように、軽く聞いてみればいいのか。

変な間が空いてしまった。御子柴が「どうしました？」と不思議そうに首をかしげる。

御子柴に何があったか知りたい。できれば御子柴のことを理解したい。

そんな純粋な思いで、莉名は話をすることにした。


「御子柴さん。あの、いいですか。気になったことがあって」

「はい、何でしょう？」

御子柴は目を大きく開けた。

「その……」

しかし言《い》い渋《しぶ》りそうになる。

「どうぞこの機会ですから。どんな機会だって感じですけど」

笑った御子柴の目が、今度は細くなった。

「わかりました、それでは。スペシャルマートさんとのミーティングのとき、御子柴さんはホテルにアダプタを忘れて取りに行ったと言ってました。あれ、本当ですか？」

「え……？」

御子柴の目が今度は丸くなった。痛いところを突かれた様子はない。ただおどろいているようだ。

ふたりして黙りこくって見つめ合う。

「ちょっとビックリして言葉が出ないのですが……。どうしてそう思ったのですか？」

「疑問に思ったのです。御子柴さん、団さんからスペシャルマート店舗開発部の方のお名前を聞かれたとき、バッグからすぐシステム手帳を取り出しましたよね。聞こえる音でわかりました。でもこの間私の前で取り出したときは、パソコンが邪魔そうでしたから」

兵庫名物の、味噌メロンせんべいをもらったときだ。

「前とちがう場所に手帳があっただけかもしれませんが、もしかしてバッグにパソコンが入っていないのでは、と思いました。そう考えると、『パソコンの電源が急に切れた』という御子柴さんの発言も変です。バッテリーの残量が少なくなると省電力モードになり、画面に案内が出ます。故障でもない限り、急に電源は落ちないのです」

ミーティングが長引き、省電力モードに焦ったことがあるユーザーは多いはずだ。

「前日、御子柴さんは遅くまで大阪オフィスにいたそうですね。パソコンを置いてホテルに戻ったと仮定すると、翌日手元にパソコンがないということは、まだオフィスに行っていないことになります。アダプタを取りにホテルに戻ったというのは嘘で、本当は普通にホテルから大阪オフィスへと向かっていたのかなと思いました。それならバーチャル背景を使う理由もわかりますし」

「いや、その通りです」

御子柴はあっけなくみとめた。

「でも、なぜそんなこと……。その……寝坊しちゃったとかですか？」

働いていればいろいろある。

余計なことをしているだろうか。でも聞いてしまった。御子柴はこんな大がかりな言い訳をしてまで、寝坊を隠すタイプだとは思えなかったからである。

「なるほど。確かにそう思われても仕方ないですね。でも寝坊ではありません。実はあの日の朝、ちょっとした事件がありまして……」

御子柴は、やるせなさそうに視線を宙に投げた。

「事件ですか？」

「はい。あの日の朝に散歩をしていたら、ジョギング中の男性が俺とすれ違った直後に倒れてしまいましてね。振り返ったら頭を打って血を流していました。すぐに救急車を呼び、その後も救護活動に立ち会って時間がかかったんです。会議に頭が回らなくなり、気が付いたら遅刻確定でした。情けない限りです」

思いがけない事情だった。寝坊を疑ったことが恥ずかしい。

「それならなぜ……。正直に報告すればいいじゃないですか」

「そうなんですよねー。これでよかったのか、答えは出せずにいます。でもあのときの俺は、倒れた人を助けて遅刻したと言いたくなかったんですよ。遅刻の言い訳に、やむをえない理由を調子よく使っているみたいで」

御子柴は自嘲するように、笑みを浮かべてうつむいた。

笑われることなんて何もしていない。

「仕方ないですよ。目の前で人が倒れたら」

「BBGのスペシャルマート担当として俺がすべきだったのは、救急隊の人にお任せして会議の準備に向かうことです。でもできなかった。助かってほしくて、助かったところを確認したくて、必要以上に付き添って遅刻した。安心したかったんです、俺が」

「誰だってそうですよ。その方、大丈夫だったんですか？」

「はい、救急隊の人たちのおかげです」

「御子柴さんのおかげでもあると思います」

御子柴は「ありがとうございます。でも――」と続けた。

「俺は救急車を呼んだだけです、誰でもできる。それで遅刻になったわけですけど、嘘の理由にしても寝坊はまずいと思い、アダプタを忘れたと苦しい理由で通しました。思いつきで言ったので、オフィスからホテルに戻る体《てい》になっちゃいましたし、バーチャル背景を使う羽目にもなりました。嘘はよくないですね。しかもオフィスから東京に帰ろうとするとき、本当にアダプタ忘れちゃって。もう踏んだり蹴《け》ったりでした」

不器用な人だな、と莉名は思った。本当は嘘なんかつけるタイプではないのだ。

「わかってくれますよ。今からでも鬼塚さんに言いましょうよ」

「今さらいいですよ。さいわいスペシャルマートとの関係もうまくいきましたし。満を持しての俺のプレゼン、どうでした？」

御子柴はおちゃらけてみせた。

調子に乗っているのではない。莉名を安心させたいのだろう。

「すごく感動しました」

「よかった。それならこの話は終わりです。うまくいきましたね」

「でも悔《くや》しいです。御子柴さんのしたこと、誰も知らないなんて」

「誰も、じゃないですよ。蜜石さんが気付いてくれたので。俺はそれで満足です。仕事を含めて毎日って小さなことの積み重ねだと思うし、だったら俺は胸張ってやったことを積み重ねたいです。別に誰も見ていなくても……って、今の今まで思っていたんですけど」

御子柴は、莉名をまっすぐに見つめてほほ笑んだ。

「一人でもわかってくれる人がいるとうれしいものですね。やっぱ俺も甘いかな。報われたいとか思っているのかも」

莉名はハッとした。最近似たようなことを考えていた。

思わず、気持ちのままを御子柴に告げていた。

「私も悩むことあります。でも報われたいのかとか迷わなくていいと思います。毎日の積み重ねは大事ですけど、ふと不安になったりしますから。それに誰かの役に立てるって素敵なことですよ。誰かを助けたいとか、そういう気持ちは恥ずかしくないです」

知らず知らずのうちに、莉名の胸は高鳴っていた。

御子柴はジッと莉名を見つめると、やがて目尻にしわを寄せて笑った。

「うれしいなあ。すごくうれしいですよ。ガツンって心に響きました。蜜石さん、今度営業の

「プレゼンやってみませんか？　どんなお客さんからもいい返事もらえそうです」

「もう、ふざけないでください。はっきり言って照れ隠しです」

「ごめんなさい」

御子柴は素直に認めた。

「でも今の言葉、蜜石さんが蜜石さん自身に言っているようにも聞こえました」

言葉が出ない。

そうなのかもしれない。いや、その通りだった。

「だから俺からも伝えますね。蜜石さんがみんなの助けになっていること、俺が保証します。情シスとしてすべき業務をきちんとやっているとか、そんなちっちゃい話じゃないですよ。親切な対応とか、困ってそうな人に声をかける優しさなんかも含めての話です」

莉名は胸の奥からこみあげてくるものを感じた。

何を言えばいいかわからず、

「そ、それではお先に失礼します。お疲れ様でした――」

ありきたりな言葉でごまかす。

顔をうつむかせ、サッとその場を立ち去ろうとした。恥ずかしくて逃げたくなった。臆病《おくびょう》なのである。しかし――

歩き出そうとする莉名を、「待ってください」と御子柴が止めた。

「あの、いきなりですが、蜜石さんって今付き合っている人とかいるんですか？」

「え……」

思いがけない言葉に固まる。今の質問の意味は？

振り切るように思い切りよく、でもそうは見えないように自然に答えた。

「いないです」

「今度どうですか、食事でも。もっと蜜石さんのこと知ってみたいなあ、と思いました。実は前からそう思ってましたけど、その気持ちがもっと強くなりました」

そんなことを言われるとは。また次の言葉が出てこない。

顔が強張っていたのか、御子柴はあたふたし始めた。

「あ、あの、どうしました？　俺、蜜石さんのこと困らせちゃってます？」

「いいえ、ビックリしているだけです」

「どうですか？」

道路を走る車の音が、街のざわめきが、大きくなる。

車道に伸びた御子柴と莉名の影が、車が通る度に揺れている。影は重なりそうで重ならない。何だかもどかしく思った。

かき消えてしまわないように、ちゃんと言葉を切り出さなくちゃ。切り出そう。

「いいですけど」

思いとは裏腹に返事は小さい。そして、「いいですけど」とは何ともかわいげがない。「いいです」と普通に答えればいいのに。

莉名の返事に、御子柴は顔を明るくした。

「ありがとうございます！　蜜石さんＬＩＮＥやってますか？　予定決めるときにすぐ連絡したいので、よかったら教えてください」

ありふれた口実だと思う。そう考える自分は意地悪だな、とも思う。でもそんな口実を使ってくれるのがうれしい。

莉名はためらうことなく、バッグの中に手を入れた。

なぜか焦っている。スマートフォンを取り出すのに苦労したことは、御子柴に気付かれずに済んだ。

「ＱＲコード見せてください」

ふたりは少しだけ近付いた。

胸が高鳴る。心臓の音が御子柴に聞こえていないか心配になる。

オフィスで話すときとは数センチほどのちがいでしかないが、気持ちの距離は今の方がはるかに近い。この距離、御子柴はどう思っているのだろう。

ＬＩＮＥのＩＤを交換し終えると、

「ありがとうございます！　引き止めちゃってすいませんでした！　あとで連絡しますね」

笑顔で手を振りながら、御子柴はオフィスへと歩いていった。

莉名もお辞儀をして、駅の方へと歩いていく。

途中で一度振り返ったら、角を曲がるところで御子柴も同時に振り向いていた。ニコッと笑って手を挙げると角の先に消えて、今度こそ見えなくなった。

——どうしよう。

足早に莉名は駅へと向かった。

急いでもいないのに、ちょうど来た電車にあわてて飛び乗る。

ドアの脇《わき》に立ち、スマートフォンを取り出すと、ＬＩＮＥにメッセージが入っていた。御子柴からだった。アイコンの中で御子柴は、デスクに様々な文具を並べてこちらに笑顔を向けている。


さっきはありがとうございました！　蜜石さんとＬＩＮＥできてうれしいです。

うれしいのは莉名も一緒である。でもそれを素直に相手に伝えられないのが、御子柴と莉名の大きな違いだ。莉名は散々迷った末、

こちらこそありがとうございます。


と、何だかそっけない返信を送ってしまった。

送って秒で後悔する。本当に馬鹿。口頭でもグストでもＬＩＮＥでも、何においてもまった

く愛想がない。

地下鉄だからドアの窓に、莉名の顔が反射してはっきりと映っている。

頭の中がぐちゃぐちゃなせいか、何だか強張っていて、それでいて脆《もろ》そうで見てられない。

窓から目をそらした。グッとマフラーを上げて、顔の下半分を覆《おお》った。

それでも御子柴に向けて送ったメッセージである。すぐに気付いて読んでほしい。

——早く既読になって。

でも、つまらない返信をする人だと思われるのは嫌だ。

——やっぱり既読にならないで。

相反する気持ちに揺られながら、莉名は家路を辿った。

14

家に着いてもまだ考え込んでいた。

男の人と食事か。気付けば二年ぶり——だな。

最後に食事をしたときの記憶は、莉名にとってつらい思い出だ。自暴自棄になっていたあの頃。自分が傷付いたのと同じ分だけ、誰かも一緒に傷付いてほしいと望んだ。最低だった。いけない。その頃の記憶を心の奥底に閉じ込めて、今日のことを思い出す。

御子柴はどういうつもりで私を誘ったのだろうか。もしかして。

――いや、違う！　そんなわけない！

ベッドに寝転び天井を見ながら、何度も首をブンブンと横に振る。

頭の下には、快眠は大事だと勢いで買った、オーダーメイドの高級まくら。

どんなに強く首を振っても、莉名の頭を優しく包み込み、そのポテンシャルを発揮する。今日みたいなときのために買ったつもりはないが。

社交的で、誰とでも仲が良い御子柴だ。

最近御子柴の周囲のサポートが多かったので、気にしてくれたのだろう。そうだ、単なる話し相手だ。

女友達は何人もいるだろう。その中の一人にすぎない――

自分に言い聞かせる。それはたぶん、傷付きたくないから。

莉名の手には、ずっとスマートフォンが握られている。

ＬＩＮＥを開き、メッセージを送るでもなく、たった一往復の御子柴とのやり取りを、そして御子柴のプロフィール画面を、何度も、何度も眺めている。

――御子柴さん、また返信くれればいいのに。

こっちから立て続けに送る勇気がない。だから御子柴にそう求めてしまう。

もうこんな時間だ。明日も仕事があるのに。早く寝なきゃ。

体を横にすると、視線の先にリビングのテーブルに置いてあるミントの葉が見えた。殺風景な部屋についに訪れた彩《いろど》り。余ったコップを使って、水耕栽培を始めたのだ。収穫したら、カレーに入れたりチャツネを作ったりしたい。

眠れないときは、ふと思い立って何かしたくなる。

水を替えてあげよう。莉名は一度ベッドから起き上がると、ミントの入ったコップを手に取った。その瞬間——

「あっ」

水を少しテーブルにこぼしてしまった。コップいっぱいに入っていたわけでもないのに、ねぼけているのだろうか。

——今夜は何もうまくいかないな。

コップの水を替えてテーブルに置くと、莉名は再びベッドに潜り込んだ。

そしてまた寝付けない。御子柴とのＬＩＮＥを見返している。

寝る前に、しかも何度も。私、何やっているんだろう。

目を閉じて、ゆっくり三つ数える。

気持ちを再起動——できない。そんなこともあるらしい。

今日は勉強する気にもなれなかった。

三日間のお菓子禁止令が発動された。

チケットNO.4

円滑なパーティー運営が期待されています

1

時間がかかったな。ちょっと急ぎで家を出ないと。

鏡に映る莉名は、久しぶりのスーツ姿だった。

二年前、転職活動用に買ったものだ。やや地味だが、二年前に若返ったような気がする。いつも単純である。

そこに電話が鳴った。

こんな朝から誰だろうとスマートフォンを見ると、莉名の母、莉枝子《りえこ》からだった。

莉名の両親と高校生の妹は、埼玉県の東松山市に住んでいる。会おうと思えばいつでも会える距離だが、休日はだらだらしてしまったり、コロナの関係もあったりで、就職してからは年に何回か会う程度だ。

「もしもしお母さん？　どうしたの？」

「あっ、莉名。朝からごめんね。今日お母さん、近所の友達とご飯食べに行くから、パソコンに届いてるお店の予約表を見たいんだけど、パソコンに入れなくて。どうにかならないかな。お父さんにやってもらったからわからなくて」

莉名の実家には、居間に家族共用のパソコンが置いてある。

「パスワードは入れてみた？」

「うん。パソコンの横にメモが貼ってあって、パスワードは『Ｎｉｋｕｉｎｅ３２１４』って書いてあるのに、それを入れても入らないんだよ。お父さんも仕事だし、沙枝《さえ》も部活の朝練で聞けなくてね……」

沙枝というのは、莉名の妹のことだ。しかし『にくいね蜜石』とは……。どっかのＣＭのパロディではないか。それと、パスワードを書いたメモを貼っておくのはよろしくない。情シス部員としては注意するところだが、その件は後にしよう。

「ちゃんとパスワード通りに入れてる？　アルファベットの大文字小文字は間違っていない？最初だけ大文字だよね？」

「大文字小文字は、シフトボタンを押しながらで切り替えるんだよね。それはお父さんから聞いていて、何回もやってみたんだけどね……」

「キーボードの左の方に、キャプスロックって書いてあるキーない？」

キャプスロックは大文字入力をデフォルトにする機能である。それが知らない間に有効化されたのかもしれない。

「キー？」

「あっ、ボタンのことだよ」

「はいはい、あるね」

「シフトボタンと一緒にそのキャプスロックって書いてあるボタンも押してみて。それでパスワードを入れるとどうかな？」

電話の向こうでカチャカチャと音がする。

「……うーん、駄目だよ。ちゃんとボタンにNって書いてあるからそうしてるのに」

「駄目かー。キャプスロックとシフトはもう一回同時に押して元に戻しておいてね。どういうことかな……」

そうしているうちに家を出る時間になった。

「ごめんお母さん、私そろそろ出なくちゃ。また連絡する」

「あっ、邪魔しちゃったね。お店に電話かけてみるから大丈夫だよ。仕事頑張ってね。また遊びに来るんだよ」

「わかった。お母さんもお友達と楽しんできてね」

仕事でもないのに、悩みを解決できなかったことがもどかしい。

ちっぽけで半人前でも、ヘルプデスクとしてのプライドは持っているのだ。

それと、いざそれを指摘されたら顔を真っ赤にして否定してしまいそうだが——やっぱり離れて暮らす家族には、立派にやっているところを見せたいのかもしれない。


——あっ！　もしかして。

電車に揺られながら、莉名は思い付いた。

莉枝子は『ちゃんとボタンにNって書いてある』と言っていた。もしかして、通常のキー入力が大文字入力だと勘違いしているのでは？

一度確認してみる価値はある。莉名は母にメールを送った。

アルファベットの入力は、普通にボタンを押すと小文字で、シフトボタンを押しながらだと大文字になるんだよ。それで試してもらえるかな?

しばらくすると返事が来た。

できた。ありがとう。

そっけないのではなく、いまだにメールに慣れていないのだ。

よかった。これも一つの問い合わせ対応だ。莉名の中でそういうことにした。

だから出勤後、『莉名ックス』に追記した。自分用のメモだから、何を書いてもオッケーである。

・母、莉枝子。パソコンにログインできず。アルファベット大文字と小文字入力時の勘違いが原因。自分の常識が相手の常識とは限らない! 相手の目線を意識する!

――今日は大変だから、幸先《さいさき》いいスタートってことにしないとね。

午後からは、年に一度の大仕事だった。

2

肩が痛くなりそう……。

気合いだけでは、どうにもならないこともある。ホール内を少し歩いただけで、莉名はくじけそうになった。

今日はあったかいお風呂でゆっくりマッサージをしよう。そうだ、もう十一月で寒いからと買った、とっておきの入浴剤があった。今日こそ使うのにふさわしい。

莉名の意識は一瞬帰宅後に向いた——が、鈴の声が現実に呼び戻す。

「莉名ちゃん、よろしく頼むね。ほんっとうに今日は助かる！」

鈴は両手の平をあわせて、すまなそうに片目を閉じた。

気合いの表れか、珍しく髪をポニーテールにしている。

「うん、この際だからいい映像にしようね」

莉名が笑顔でうなずくと、鈴はホッとしたように笑った。

——とは言ったものの、やはりおいしそうな料理が気になる。

ホール中心部には間隔を空けて丸テーブルがいくつも置いてある。その上には皿に取られた色とりどりの料理。それを囲んで大勢のＢＢＧ従業員が、食事と会話を楽しんでいる。壁に沿ってはぐるりと長テーブルが設置されており、そこにビュッフェスタイルで様々な料理が置かれていた。

コロナ禍でのビュッフェはいろいろと工夫が施されていて、大皿から好きなだけ取るスタイルは減り、初めから小皿に分けられているものを取る形が増えた。

また制限を逆に生かして、ローストビーフやステーキ、まぐろのお刺身など、料理人がその場で調理して切り分けてくれるスタイルも多い。ビールにワインにカクテルに、飲み放題のドリンクコーナーもバーカウンター形式だ。

ホール入場時には、検温と手の消毒に加えて、ひとりひとりに飲食時のためのマスクケースが配られた。マスクケースには番号が付いており、プレゼントコーナーの抽選でその番号が使われるらしい。

どれを見ても、莉名が普段口にする食べ物の数ランク上である。

絶えず料理は補充されていく。今の莉名は、それを横目で見ることしかできない。

「あとでいっぱい食べられるからさ！　まずはインタビュー頑張ろう」

手ぶらで軽そうな鈴は、レッツゴーとでも言いたげに片手をあげた。

莉名はチラッと、もう一度料理に目をやった。

おいしそうな料理はみんなファインダー越し。

向こうの世界は近くて遠い——なんて言ったら、自虐が過ぎるだろうか。

ここは都営新宿線　曙橋《あけぼのばし》駅の近くにある貸しホール、曙橋カンファレンスホールである。

今日はBBGの社内懇親会だった。

BBGでは年に一回、十一月の決算が終わったタイミングで懇親会を開く。正社員以外の派遣社員やアルバイト、莉名のような業務委託も参加するので大人数となる。午前中は通常業務で、お昼に移動して午後から開催するのが通例のようだ。

ここ二年はコロナの影響もあり懇親会自体が未開催だったため、莉名も今回が初めての参加だ。例年は茨城にある工場勤務の社員も参加するのだが、今年は別々での開催となった。

そしてスカーレットの長谷川も、残念ながら多忙で欠席だった。最近顔を合わせる機会がまったくない。

3

「莉名ちゃん。懇親会でインタビューするんだけど、カメラ回すの手伝ってくれない？」

鈴から突然の依頼を受けたのは、一週間前のことである。

広報部の鈴は当日ビデオカメラを持ち、懇親会の様子を撮影する係になっていた。

「今度の合コンに備えてジムで体を絞ろうとしたら、無理しすぎて肩が痛くなっちゃったの。ビデオカメラを構えるのも大変」

これが鈴の言い分だった。そう言いながら手にはダイエットの天敵、抹茶味のチョコレートが握られていたが。

そもそも鈴はダイエットが必要な体型ではない。マッチングアプリに合コンと、とことんアクティブである。

「ビデオカメラの使い方も難しくて。情シスの莉名ちゃんなら使いこなせるかなーって。ね、お願いお願い！」

「そんな必死にならなくても。わかった、それじゃ撮影は私がやるよ」

とことん頼み倒してくる鈴に根負けして、莉名は引き受けることにした。何かと頼み上手な鈴と、何かと頼まれがちな莉名。こうなるのは必然だ。

「ラッキー。せっかくなら仲いい莉名ちゃんと一緒にやりたいもんね。前田利家《まえだとしいえ》もこう言っているよ。『人間は不遇になったとき、はじめて友情の何たるかを知るものだ』って」

「戦国武将の言葉までカバーしてるんだね。前田利家って何をした人なの？」

歴史に疎《うと》い莉名は聞いてみた。

「うーん、よくわからないけど、こんな素敵な言葉残しているんだから、すごい人に決まってるよ」

鈴はあまり細かいことは気にしない。それと撮影を頼まれたことを『不遇』と言い切っていることになるが、それでいいのだろうか。

「よし、お礼に今度のヴィーナス会の会計は私が全部払うからいくらでも食べて！　ってかもういいや、さゆちゃんの分も全部まとめて払う！」

こう言ったら、本当に払うのが鈴である。うれしいとか楽しいとか、明るい気分はみんなで分かち合いたいタイプなのだ。

それを聞いたさゆりは目を光らせ、「よし莉名。いつもより数倍高い店にするぞ」と意気込んでいた。果たしてどうなるだろう。

こうして懇親会の撮影係となった莉名だったが、内心ひやひやしていた。

一週間もあれば何とかなる。マニュアルを必死で読み込めば……何とかなるはずだ絶対！

そう自分に言い聞かせていた。

実は莉名は、ビデオカメラを使ったことがなかった。

4

そして迎えた懇親会当日である。

鈴と莉名は、会場の隅《すみ》で最後の準備をしていた。

薄いアプリコットカラーが鮮やかなケープ袖のドレスに、パールネックレスを付けた鈴に対して、二年前の転職活動用のスーツを着た莉名。派手な社員に付いて業務を学ぶインターン生のようだ。撮影という裏方仕事をするからとこんな格好にしたが、さすがに地味すぎた。

「もう少ししたら始めようか。頼むね、莉名ちゃん。情シスはいろいろやってくれて助かるな」

「まあ、ＩＴ関係はとりあえず情シスだからね」

皮肉ではなく、ユーザーからしたら自然とそうなるのだ。パソコンだけでなく、携帯電話、プリンタ、会社と関係のない私用パソコンの相談ぐらいはもちろん、スカーレットの社員には、出向先の従業員宅のネットワーク設定まで任された強者もいるらしい。

「莉名ちゃんがやってきた中で、今までで一番変わった依頼は何？」

「そうだね……。マーケティング部の溝口《みぞぐち》さんから、息子さんが遊んでいるゲームの攻略法を聞かれたときはビックリしたなー」

「ＩＴの範囲が雑！　えっ、それで調べたの？」

「攻略サイトのページを教えたよ。おかげで息子さんに一目おかれたって。コロナでお家《うち》時間が増えたから、パパの威厳《いげん》を保つには大問題なんだろうね」

そのときのことを思い出すと、自然と笑みがこぼれた。やたら喜ばれた記憶がある。

「人がよすぎる……。私もそんな莉名ちゃんに頼っちゃってるけど」

「私なら平気だよ」

「頼もしい……！　ちゃんとお礼するからね。ビデオカメラの使い方は大丈夫？」

「もちろん、って言いたいけど大丈夫かな……」

莉名はビデオカメラに目をやった。

マニュアルを何度も読み込み、ビデオカメラ本体も借り、空いた時間で使用方法を頭に叩き込んだ。だが慣れた作業ではないので、やはり不安はある。

「大丈夫！　いざというときは全部私が責任取る！」

「ありがとう。いざというときなんて来ないといいけどね」

鈴に励まされた莉名は、気持ちを切り替えた。

この経験が役に立つ機会がいつか来るはずだ。そう前向きに捉える。その機会は次回の懇親会になる気もするが。

これから会場の何人かに声をかけて、インタビューをする。鈴が話を聞いて、莉名が撮影する役目だ。

「映像は採用活動で使ったり、会社案内やホームページに載せる計画もあるみたいだよ」

人事部長から話があったらしい。責任は重大である。

それを聞いた莉名は震え上がったが、いい緊張感でいい映像が撮れたらいいな……と願うことにした。願うだけじゃ駄目だけど。

「私もインタビュー頑張らなきゃ。でも失敗したなー。気合い入れてヒールを新調したんだけど、履き慣れてないからちょっと痛いや。うっかり転んじゃいそう」

そう言って鈴はペロッと舌を出した。でも目は輝いている。気合いは十分のようだ。

それを見て、莉名も気持ちが入るのを感じた。

ホール内は笑顔と活気にあふれている。ビデオカメラを持つ手にも力が入る。

よし。目を閉じ三つ数えて、気持ちを再起動した。

「蜜石さん。最近どう？」

声がしたので振り返ると、テーブルを取り囲んでいる一行が笑いながら、莉名に声をかけていた。

「元気です！」

いつもより大きめに声を出すと、ドッと笑い声が上がった。

声をかけた男性社員の一人が、莉名をテーブルに手招きした。

「撮影は夏坂さんに任せて、蜜石さんも何か食べなよ」

「ちょーっとちょっと！　勝手にそんなこと言わないでくださいよ」

鈴のふてくされた顔に、また笑い声が上がる。

突然降りかかった業務だけど、いい笑顔をたくさん見ることができそうだ。うれしい気持ちになれそうな気がした。

莉名はビデオカメラを構えた。

盛り上がってきた。インタビューを開始するのにいい頃合いである。

「そろそろ始めよっか」

「うん、頑張ろうね」

莉名と鈴はほほ笑み合った。

5

「すいませーん、インタビューお願いしまーす」

鈴が声をかけながら近付いていく。カメラを構えた莉名も、後ろからついていく。

最初のインタビュー相手として選ばれたのは、開発部の秋本学《あきもとまなぶ》だった。

「おっ、やってるね。もちろんいいですよ」

眼鏡の奥の目を細めて笑うと、秋本はお辞儀をした。

「それじゃあインタビュー中はマスクを外してください」

秋本は「了解です」とマスクを外すと、入り口で配られたマスクケースにしまった。

莉名は秋本の顔に焦点を据えて、カメラを構える。最初だから緊張する。

手帳を片手に、鈴が質問を始めた。

「まずは自己紹介をお願いします」

「はい、開発部の秋本です。入社七年目です。最近は商品『ミルキーウェイ』の立ち上げプロジェクトなどに参加しておりました」

「ずばり質問です。あなたにとってBBGとは？」

「自己実現の場です。まだまだぺーぺーの私が思い付いたアイデアにも、真剣に耳を傾けてくれる環境に感謝しております。勉強しなきゃいけないことも多いですが、いつかはプロジェクト主導もしたいと思っています。開発部秋本、やってやります！」

ビシッと決めたつもりなのか、秋本はレンズに顔を近付けた。

「おいおい、何かやってるぞ」

映像に横から割り込んできた人物がいた——御子柴だった。

この間のことがあったので、意識してしまう。

御子柴とのLINEは緩やかに続いている。内容は仕事のたわいもない話が多い。

――もっと御子柴さんのことを知りたい。

そう思っている莉名だが、その気持ちを悟られることを怖れるあまり、あいかわらずメッセージはそっけなくなる。そしてそのことに、一人で落ち込んでいる。

秋本と御子柴は肩を組んで、カメラのレンズに向かってグラスを掲げた。

「俺たち同期コンビです」

「おっ、ちょうどいいから聞いてみましょう。おふたりにとって同期とは？」

鈴の質問に、まずは秋本が御子柴をにらみつけながら「目の敵です」と言えば、今度は御子柴が秋本に向かって言った。

「目の上のたんこぶです」

秋本は呆れたように、御子柴に忠告する。

「それだとお前、俺の下ってことになるぞ」

「あーそうか！　間違えた！　今のなしにして！」

御子柴は拝むポーズをしているが、もちろんすべて撮影済みだ。

面白いのが撮れたと、鈴もすかさず切り上げた。

「じゃあインタビューは以上です。ありがとうございました！」

「ありがとうございました……あっ」

思い付いたように、御子柴がレンズに顔を近付けてくる。

「蜜石さん、最近どう？」

「――元気です！」

お決まりの返事で返す。御子柴は満足そうにほほ笑んだ。

元気は元気です。ただ内心はいろいろな感情で揺れて翻弄《ほんろう》されているけど――他でもない、あなたのせいで。

莉名は心の中で返事した。


積極的な鈴は次々にインタビュー相手をつかまえて、話を聞いていく。ビデオカメラのバッテリーが保つかと、思わぬ心配まで出てきた。

「よーし、この際だからインタビューしちゃおっか」

そして次に鈴が向かっていったのは――

「おっ、やってるな」

ビデオカメラに気付くと、さゆりはピシッと姿勢良く直立し、敬礼してみせた。さすが奇跡の童顔、中学生の朝礼のようである。ふざけてかしこまっている。今日はかわいらしい襟付きチェックのワンピース姿だ。

「インタビューさせていただきます」

ふざけて鈴もかしこまった。ついでに莉名も、ビデオカメラに向ける視線を鋭くした。

「突然老眼にでもなったんか」と、さゆりのツッコミが入る。

「自己紹介をお願いします」

さゆりは再度敬礼すると、ニコッと笑ってハキハキ話し始めた。

「関森さゆりでっす！　総務部の紅一点、華やかさ担当として毎日頑張ってまっす！」

総務部はさゆり一人なので、紅一点といえば紅一点だ。

「ＢＢＧはどんな会社ですか？」

「うるさい会社です。うるさすぎて、でもそれがいい会社です！　毎日いっぱい笑って、気持ちいい一日を過ごせる社風です」

さゆりらしい言い方だ。

「ただしっ。総務から超超超重要な連絡です」

さゆりは眉間にしわを寄せていかめしい顔になると、レンズに顔を近付けた。

そろいもそろって何だろうか。

やたらレンズに顔を近付けたがるのは、ＢＢＧの社風なのだろうか。

「ティッシュやトイレットペーパーは最後の一パックを開けたらすぐに私に連絡しろ。あわてて近所のドラッグストアに買いに行くことが最近多い！　あと雨の日は傘立てに入れる前に水を切れ。この間傘立て周りがびしょびしょで掃除する羽目になった！　それと……あんま情シスに迷惑かけすぎるな！　莉名は毎日てんてこまいだぞ！」

「私は大丈夫、大丈夫」と、カメラを持つ手とは逆の手を振った。

そこに鈴が一言加えた。

「そんな関森さんもこの間、パソコンが壊れて電源が入らないと、情シスに泣きついていました。『これじゃあ再起動もできないよー』と大騒ぎでしたが、原因はコンセントからアダプタが抜けていたことによるバッテリー切れでした」

「おーい、言うなよそれ！　変なナレーション入れるな！　今のカットしろ、カット！」

さゆりはレンズに近付きながら、ちょきちょきとハサミを使うジェスチャーをした。

「カットしませーん。それでは関森さん、最後に一言」

「ヴィーナス会をよろしくぅ！」

そう言ってさゆりは鈴と莉名の真ん中に割り込んだ。三人で肩を組む。左から莉名、さゆり、鈴の順で、ちょうどヴィーナス会の名前の由来と一緒だ。

でもこれではビデオカメラに映らない。それとヴィーナス会って言っても、ほとんどの人には通じないのに。

このやり取りを会社案内で使ったら、就活生はどう思うだろう——

おかしな想像をして笑ってしまった。

肩を組んだままのさゆりが、思い出したように言った。

「あっ、あともう一言。蜜石さん、最近どう？」

「元気です！」

さっきからこればかりである。

再び鈴と一緒に会場を歩いていると、

「おっ」

目を大きく開き、こっちに向かって手を挙げたのは、営業部リーダーの団だった。仲間たちとテーブルを囲んでいる。

「ふたりとも頑張ってるね。俺の話はいいの？」

「ＮＯの意味でいいです。邪魔しないでください」

軽くあしらう鈴に、団はいじけた顔付きをしてみせた。

「相変わらず夏坂はきついなー」

「団さん、いつもからかってくるんだから。莉名ちゃん、この人は冗談きついから気を付けなよ」

「何でだよー」

笑い声が上がる。団と鈴は仲がいいようだ。

「話したいことが山ほどあるんだよ。な、俺にもインタビューしてくれよ」

食い下がる団に、鈴はわざとらしくしかめっ面をした。

そして、莉名に向かって言った。

「めんどい！　ここは莉名ちゃん頼んだ！」

「えー」と、突然の事態に莉名も戸惑っていると、

「ほらほら、インタビューやっちゃおうぜ。団も聞いてもらえよ」

団の仲間たちまで盛り上がり始めた。

「みんなそんなに俺の話を聞きたいかー。仕方ないなー」

と、団は話し始めた。自分が一番話したがっていたのに。

「営業部でリーダーを務めさせていただいております、団聡です」

そう言ってカメラに顔を近付けてくる。BBG社員、カメラを向けると顔を近付けてくる説の立証に、また一歩近付いた。

「蜜石さん。先日はありがとうございました！　おかげさまでWEBミーティングは大成功でした」

――これは乗っからなきゃいけないか。

莉名は覚悟を決めた。たどたどしく質問を投げる。

「えーと、それでは質問です。あなたにとって、BBGとは何ですか？」

陽気な表情で、団はBBGへの思いをつらつらと語った。

「第二の家族です。新卒で入社してずっとお世話になっております。心強い仲間に支えられ、会社とともに自身の成長も実感しております――ありきたりすぎますか？」

と心配そうにしながらも、熱い思いがこもった話は止まらない。

痺れを切らした仲間が団をそそのかした。

「おい、そんなのいいから、お子さんの写真見せてやれ」

団は先月子どもが生まれたばかりだそうだ。

それにしてもまったく知らなかったが、団はいわゆるいじられキャラのようだ。ＷＥＢミーティングのときとだいぶ印象がちがう。

「何だよ恥ずかしぃよ」

と言いながらも、進んでスーツのポケットから社用携帯を取り出す。

「めちゃめちゃかわいいからな……ほら」

みんなでのぞき込むと、そこにはかわいらしい赤ちゃんが映っていた。

「かわいいですね」

「でしょ」

団は鼻の下を伸ばしてデレデレである。

「でも団さん、社用携帯の私的利用は禁止ですよ」

「うわっ」

突然口を挟んできたのは鈴だった。

「夏坂いた！」

「いるわ！」

当然だろと言わんばかりに、鈴が返す。

「莉名ちゃんを変なことに巻き込んだな」

「いいじゃないか。夏坂こそ情シス担当みたいに言うなよ。蜜石さん、息子の写真を保存するぐらいいいよね」

鈴の言う通り、厳密には業務外の利用は禁止なのだが、

「うーん、お子さんの写真ぐらいならグレーゾーンですかね……」

という返事になる。

それを聞いた団は、パッと顔を明るくした。

「聞いたか夏坂！　情シスお墨付きだ」

「何さ勝ち誇って！　面倒な人だな。ほら莉名ちゃん、他の人に声かけに行こう」

そう言って鈴は、右足を少し浮かせ足首を回した。

団を始め営業部の面々に「頑張ってねー」と声をかけられる。

歩こうとすると、背中に「蜜石さん、最近どう？」の声。

「元気です！」

と、振り返って返事した。

正直なところ、莉名は初めこのくだりが苦手だった。単純に恥ずかしかったのだ。

でもおかげで今日、いろいろな人から声をかけてもらえる。悪くないなと思った。

6

懇親会の参加者は基本的にＢＢＧ内部の人間だが、一部来客も参加していた。

鈴が広報部メンバーに話があるらしく、少しだけインタビューを中断している間、莉名はホール内に見知った顔を見かけた。

同時に向こうも気付いたらしく、料理のたくさん載った皿を手に持ってやってくる。

「これはこれは。蜜石さんでしたっけ。この間はありがとうございました」

莉名はビデオカメラから顔を離すと、深くお辞儀した。

「熊田さん。こちらこそありがとうございました」

ドッシリした体格のその人物は、グストの開発会社、システムベアの熊田だった。

熊田の隣には、眼鏡をかけた男性が同じく皿を持って立っていた。こちらはまだ若い。莉名と同年代くらいだろう。

男性も微笑を浮かべた。真面目でおとなしそうな外見だ。

莉名が持ったビデオカメラを見ると、熊田は言った。

「さすがですね。撮影まで頼まれるとは」

「いいえ、付け焼き刃で使い方覚えまして、何とかやってます……」

「それでできるなら立派じゃないですか。蜜石さんは元々ＩＴとかそういうのはお好きだったのですか？」

「いえ、私は他業種からの転職組なんです」

「そうなんですね。それでもこれだけ信頼されているなら、蜜石さんは優秀ですね。どこでもやっていける。何の心配もいりませんね」

熊田は細い目をさらに細めて、莉名に笑顔を向けていた。

「そんな、私なんか初心者でして。ありがとうございます」

まだまだ自信はない。

試行錯誤の毎日だが、そう言ってもらえて莉名はうれしかった。

「あっ、すいません、引き留めてしまいました。みなさんの素敵な笑顔を映像に収めなければいけませんね。また是非。グストも引き続き有効活用してください。今度ヘルプサイトをオープン予定です」

熊田は頭を下げると、横の男性と一緒にテーブルに戻っていった。テーブルには神田や別の取締役がいた。

莉名は再びビデオカメラを掲げた。

7

さっきバッテリーも交換したので準備万端だ。

ビデオカメラを握る手に力が入る。なぜなら次のインタビュー相手は——

「お疲れ様です。人事部と広報部発で、みなさまにお話を聞いて回っています。よろしいでしょうか——社長」

さすがの鈴も緊張気味だ。

「おー、お疲れ様。もちろんだよ」

BBGの社長、筆村幸雄《ふでむらゆきお》だった。

背が低くまんまるな顔で、薄い髪はほぼ坊主《ぼうず》頭に近い。威張った感じはなく、いつも腰が低い。

同じフロアで勤務しているものの、莉名は普段筆村とはほとんど関わらない。以前に社長のパソコンの調子が悪くなったときも、社長付の秘書である、土村三久《つちむらみく》経由で対応した。土村は今も社長の横で、書類を手に持って立っている。色白で長い真っ黒な髪が美しく、人当たりもいいので、莉名は密《ひそ》かにあこがれている。

「何でも聞いてくれ」

「それでは自己紹介をお願いします」

「どうも、いつもお世話になっております。代表の筆村幸雄と申します」

筆村は深く頭を下げた。

「それではこの際なので深くお尋ねします。ずばり、BBGの自慢とは！」

「社員ですね」

スラッと筆村は答えた。

「本来なら弊社の自慢と聞かれたら、商品と答えるべきかもしれません。しかし内向きの回答にはなってしまいますが、私は社員とお答えします。思えば創業二十年。初めは社員十人からのスタートでした。同じ釜《かま》の飯を食べ、毎日一軒一軒商店に足を運んでは頭を下げ続け、時には厳しい言葉もいただきながら、少しずつ少しずつ商圏を広げていきました。それもすべてはともに働く仲間が――」

鈴も莉名もうなずきながら話に聞き入る。

真剣に聞いてはいるのだが、長引きそうな気がする。

「社長。ごあいさつをしたがっている方も多いので」

同じことを思ったのか、土村に止められた。

「うん、それならまた今度」

筆村はおとなしく話を終えた。土村が筆村に見つからないように、鈴と莉名にウインクをしてみせた。うーん、素敵な人だ。

取り直して、鈴は質問した。

「筆村社長。この映像は採用活動にも使用する計画があります。社長から、BBG入社を考えている就活生に一言お願いします」

筆村はコホン、と咳払《せきばら》いをした。

「社会人になると、仕事が人生の時間の大半を占めるようになります。せっかくなので自分に合った会社に入れるよう、悔《く》いのない就職活動をしてください。もしこれを見ているあなたがBBGに興味を持ってくださったなら、そんなにうれしいことはございません。当社が求める人材の条件はただ一つ、当社に興味のある方です。わたくしども一同、新しい仲間と出会えるのを心待ちにしております」

筆村は深々と頭を下げた。

「ありがとうございます。最後に何かございますでしょうか？」

「えーと、それでは……」

社長はレンズに顔を近付けた。やはりこれは社風のようだ。説、立証である。

「蜜石さん、最近どう？　言ってみたかったんだよ、これ」

そう言うと社長は、わははと笑った。

ハッと息を飲んで絶句した。映像がぶれる。

途端に恥ずかしくなり、「げ、げ、元気です」と歯切れの悪い返しになってしまった。

誰が聞いても元気な人間の口調ではない。

社長まで知っているとは……。

8

いつの間にか撮れ高は十分だった。

テレビ番組のプロデューサーはこういう気分なのだろうか。

困惑気味に引き受けた撮影係だが、ＢＢＧ従業員の様々な顔が見られて楽しかった。何でもやってみるものだ。

そしてようやく料理にありつける。莉名はフォークを手に持った。

「莉名ちゃん、本当に助かった！　ありがとうね」

そこに鈴も料理を持ってやってきた。

「ねえ、あっちにあったカレーチャーハンみたいなの、すごくおいしいよ。莉名ちゃんも気に入りそう」

鈴の持った皿には、チキンの塊《かたまり》や野菜が入った黄色いご飯がよそってあった。

「あっ、ビリヤニあるんだ。後で取ってこよう」

ビリヤニはインドの炊《た》き込《こ》みご飯のことである。スパイスが香るパラパラのパスマティライスを口に運ぶのは至福の瞬間で、莉名は都内のビリヤニ有名店はほとんど回った。

まさかここでビリヤニにありつけるとは。莉名の気持ちは高まった。

まずは今お皿にあるものを食べよう。

マルゲリータピザを食べながら、莉名は鈴に聞いた。

「撮影うまくいったかな」

「完璧《かんぺき》でしょ。莉名ちゃんがいてよかった」

「だったらいいな。初めてだったから心配になるよ。でも楽しかったな」

「ね！　楽しかったよね。スティーブ・ジョブズもこう言っているよ。『終着点は重要じゃない。旅の途中でどれだけ楽しいことをやり遂げているかが大事なんだ』って」

「いや、今回は、終着点っていうか撮影結果も大事だよ」

ちょっと引用が違う気がする。

「そっかー。でも頑張ってたんだから大丈夫だよ！　莉名ちゃんはいつも慎重に取り組んでくれているもんね。それはいいことだよ。私は大ざっぱだから見習わないと。すぐ自信満々でやって失敗しがち」

鈴は照れくさそうに笑った。

慎重――か。臆病だから、結果的に慎重になっているだけの気もするけど。

それでも鈴の言葉に励まされる。うれしくて頬が熱くなる。

「これはお礼のヴィーナス会も大奮発しないと！　私のこの感謝が伝わらないよ」

「そんな、お礼なんていいのに」

「それは私の方がダメ！　さゆちゃんもすっかりお礼を楽しみにしているし」

「ははは、それは確かに」

ふたりで笑い合った。心地よい充実感がある。

ホールをぐるっと見回せば笑顔であふれた場。忙しい毎日を繰り返す従業員が日頃の疲れをねぎらい合う、優しい場である。

9

料理を取って戻ろうとすると、営業部の鬼塚、団、そして御子柴が、男女のふたり組と話しているところに遭遇した。

長身の男性は初めて見る顔だが、女性の方は見覚えがある。ＷＥＢミーティングで一緒になった、スペシャルマートの橋本だった。

「あっ、この間の」

橋本が莉名に気付くと、目を見開いて笑顔を見せた。残りの四人もこちらを振り向く。

御子柴とも視線が合った。

どうも意識してしまう。目が合った時間は一秒にも満たないのに、長く感じて目をそらしてしまう。

「先日はありがとうございました」

莉名がお辞儀をすると、

「いいえ、こちらこそありがとうございました。いろいろお手伝いいただいたみたいで、大変助かりました」

そう言って橋本も、笑顔でお辞儀を返してきた。

そこに鬼塚が得意げに、莉名を長身の男性に紹介した。

「蓮田さん。この間のミーティングの立役者、情シスの蜜石さんです」

――蓮田。先日向井の話に出てきた、後任者の名前だ。

団と御子柴は、鬼塚の言い方に含み笑いをしていた。あの日、御子柴があんなことになっていたとは、スペシャルマート側は知る由もない。

「何から何まで頼りっきりです。我々は蜜石さんがいないと何もできませんから」

それを聞いた蓮田は、しかめ面をした。

「それでは困りますって。ＢＢＧ営業部のみなさんには頑張ってもらわないと」

「いやー、そうですよねー！」

鬼塚はガハハと笑って場を盛り上げた。

蓮田は莉名の方を向いた。

「申し遅れました。スペシャルマートの蓮田と申します。先日お世話になった向井の後任です」

「お世話になります。ＢＢＧ情シスの蜜石です」

あいさつを終えると、御子柴が蓮田に向かって言った。

「蓮田さんは向井さんと仲いいんですよね」

「はい。仲いいというか、向井の方が先輩なので、私は面倒見てもらっている立場です。頭があがらないです」

笑みを浮かべた蓮田だったが、それから真面目な顔付きになり、ひとりひとりの顔を見ながら言った。

「正直なところ、向井も私も異動で大忙しでしたから、場合によっては商談が滞ったかもしれません。ただ向井が強い熱量で説明してくるので、私も無視できませんでした。向井の異動前にＷＥＢミーティングに漕《こ》ぎ着《つ》けていただけてよかったです。あの日が決定打となって、今私にバトンが回ってきています。向井も非常に感謝していましたよ」

「向井さんはお元気ですか？　ご家族が大変だったそうで」

御子柴が尋ねると、蓮田はうなずいた。

「はい。ご家族ももう元気だそうです。今回、向井が急な異動となり失礼しました。こんな情勢で各々考えがありますし、弊社は異動希望などにも柔軟に対応してくれるのですが、異動先の部署の状況で、急になってしまいましてね……。向井自身はバリバリ働いているので、またコロナが落ち着いたら、みなさんとご一緒できるかもしれません」

日常に入り込みこれだけ世間の様相を様変わりさせながらも、感染症というデリケートな話題である。新型コロナウイルスの話をどう交《か》わすのか、まだ世間が迷っているように莉名は感じていた。今までなかったものが日常に入ってくる、その寄る辺なさ。

「早く、そういう時代になってほしいものです」

鬼塚が何度もうなずきながら言った。

「もし向井が戻ってきたときにがっかりされないよう、是非御社とはいい関係を築いていきたいです。今後ともよろしくお願いいたします」

蓮田と橋本は同時に頭を下げた。

ＢＢＧ側も——あわてて莉名も——頭を下げた。

10

そんな中、事件は起こった。

「蜜石さん。ちょっといいですか」

懇親会の実行委員となっている、営業部の秦光雄《はたみつお》が声をかけてきた。おかっぱ頭に細身の体型で、どことなくアーティストのような雰囲気がする。

ただならぬ表情についていくと、ホールを横から出たところの通路に案内された。

そこにはローラー付きの台があり、上には映像を投影するプロジェクタが置いてあった。

横には腕を組んで不満げな表情の、広報部の田村七緒もいる。

田村も秦と同じく実行委員である。鈴がいつも愚痴を言っているので、莉名は田村に少し怖いイメージを持っていた。今も細い目を宙に投げ、何度も長い髪をかき上げている。

「ここにプロジェクタを置いていたのですが、さっきまでは使えていたんですけど、知らない間にケーブルが」

そう言って秦は、プロジェクタの付属品となるケーブルを指差した。

台の上から床に垂れているケーブルを、莉名は手に取った。コード部分に『備品』とシールが貼られた、HDMIと呼ばれる種類のケーブルは、端子部分がひしゃげていた。

すぐにプロジェクタ本体側の端子部分を確認する。幸いと言うべきか、本体側は故障していなかった。

「ホールの人に調べてもらっているんですけど、今ちょうど予備がないらしく……。何とかならないでしょうか？　この後に社長のスピーチで全社員に発表があるんですけど、その時に使いたいんです」

「どうすんのよこれ……」

田村はわざとらしく、大きくため息をついた。

「ちょっと触ってみますね」

ＨＤＭＩケーブルの故障は対応したことがない。

莉名はケーブルを手に取った。

ひしゃげた部分を元に戻してみたり、端子内の電線部分を動かしてみる。プロジェクタの電源を入れ、いろいろ試しながら何度もケーブルを差し込むが、認識しない。

時間が経てば経つほど焦っていく。

気が付けば、十五分ほど時間が経っていた。


そこにふたりのホールのスタッフが、急ぎ足でやってきた。ひとりはノートパソコンを手に持っている。

「すいません、やはり別ホールでもケーブルは使用中です。これ、使用中でいいんですよね？線をつながないと画面が小さくて見にくいな」

パソコンを持った方が、ぼやきながらもうひとりに確認している。ホールの予約画面から、別会場の使用状況を調べているらしい。

だが確認を求められたもう一人も、残念そうに首を振った。

「そうですね。早くてもケーブルが空くまで一時間はかかります」

莉名は秦に聞いてみた。

「プロジェクタは何時頃から使いますか？」

「予定では十七時半なので、あと三十分くらいですね」

「三十分となると、会社からケーブルを持ってくるのも難しいですね……」

曙橋から八丁堀に戻るとなると、電車に乗っている時間だけで一時間近くはかかる。会社に戻って取ってくることはできない。

「誰がこんなことしたのよ……」

田村が呆れたようにつぶやく。

そのとき、スタッフの片方がおどおどしながら話し出した。

「実は、ここでごそごそしている人を見たんですよね。あの人がやったのかな」

「何を見たんですか？」

焦りと苛立《いらだ》ちからだろう、田村が強い口調で聞き返す。

スタッフは、さらに脅えた表情で言った。

「配膳《はいぜん》で歩いていたとき、この辺りで大きな音がしたので、廊下の角からのぞき込んだんです。どなたかがホールに戻っていくのが見えました」

今大事なのはプロジェクタを映す方法なのに、話の流れが犯人捜しになっている。

そう指摘しようとする莉名だったが、次のスタッフの一言で状況は一変した。

「その方は……、手にタブレットか――もしくはビデオカメラのようなものを持っていらしたような気がします」

「え……」

秦と田村の視線が、莉名に向けられた。

ずっとビデオカメラを持って歩き回っていた莉名だ。自然と目が向いたのだろう。

「これ、蜜石さんが……？」

秦が独り言のようにつぶやいた。言ってから、しまったといったような顔をする。

「え？　そんな、私はやってません――」

と、反射的に言葉が出る。身に覚えのないことで疑われるのはつらい。

莉名が言い終わるより前に、田村が苦々しい表情で言った。

「となると夏坂が怪しいわね」

「まさか。鈴がそんなこと」

「でも今日のビデオカメラを持っていたのは、夏坂と蜜石さんでしょ？」

「それはそうですけど……」

ビデオカメラを持っていたのは基本的には莉名だ。

だが途中でバッテリーが切れてしまった。そこで替えのバッテリーをもらうため、鈴が一度ビデオカメラをスタッフの元に持っていった。

莉名が営業部の団たちと話していた間のことである。

莉名の手元からビデオカメラが離れたとき、つまり鈴がビデオカメラを手にしたのはその間だけだった。

そのときに鈴がこんなことを？　頭が混乱する。体が熱を帯びたように火照《ほて》る。

——まさか。何を考えているんだ私は。

目を閉じて三つ数える。愚かなことを考えた自分を再起動した。

「本人に聞くのが手っ取り早いでしょ」

鈴を呼ぶのだろう、田村が早足でホールに戻っていった。

「何か知っているかもしれませんし、夏坂さんに聞いてみましょう」

残った秦が言った。

角が立たないような言い方にしただけで、実際は鈴を怪しんでいるのではないか。

——鈴はそんな人じゃない。

言い返せずに、言葉を飲み込むみじめさ。

そのとき、ホールの扉が開いた。

11

田村に連れられ、鈴がやってきた。

鈴と一緒にいたのか、広報部長の五十公野《いずみの》淳《じゅん》も一緒である。

「ん？　どうしたの？」

一斉に視線を向けられ不信感を抱いたのか、鈴の表情が瞬時に曇った。莉名と一緒に鈴も、インタビューを頑張ってきたのだ。なぜ鈴が疑われるのか、悔しくて仕方ない。

きょとんとする鈴に、「私が説明するよ」と、田村が一歩詰め寄った。

「どうしました、田村さん」

鈴が一瞬、眉間にしわを寄せて厳しい表情を見せた。

「夏坂さ、今日ここで何かしてた？　プロジェクタのケーブルが壊れて使いものにならないんだけど。壊したの？　この後これ使わなきゃいけないのに、何の目的？」

田村はケーブルを手に持つと、壊れた端子部分を鈴に見せつけた。

鈴は目を大きくすると、「これ……」と、端子の破損部分を確認している。

そのまましばらく黙りこんだ。

田村がさらに詰め寄る。

「どうしたのよ？　悪いことしたのがバレてビビってる？」

「違います。そういうわけじゃないです」

鈴は眉根を寄せて、弁明するように田村と目を合わせた。

「その割にずいぶん青ざめた顔してるけど」

「壊してません。私、壊してはいません。してませんけど……」

「けど何よ？」

田村は端子を、さらに鈴の顔に近付けた。

「さっき、ここで転びました。ケーブルを踏んだ感触があったのは覚えています。でも壊れたことに気付かなくて」

「本当？　見て見ぬふりをしたんじゃないの？　気付かなかった証拠ある？」

田村は嫌らしく鈴を質問攻めにした。気付かなかった証拠はないだろう。でも同時に気付いたという証拠もないのだ。

だが転んだという負い目があるからか、鈴は追い詰められていった。

「ないです。でも本当です。転んだだけなんです」

「どうかねー？　先輩になめた態度取る常識知らずのあんたの言うこと、どれだけ信用してもらえるか」

田村も鈴に嫌われているとわかっているようだ。ここぞとばかりに鈴を責め立てる。

莉名は悔しかった。仲がいい鈴側で考えてしまうのは確かだが、それでも鈴が常識知らずではないことははっきり言える。先輩を立てなかったのはマズかったが。

「本当に……。わざとじゃないです！」

鈴はうつむいて涙を浮かべると、振り返って駆けていった。

「田村。言い過ぎだぞ」

五十公野からたしなめられた田村だが、そっぽを向くだけだった。

鈴を追いかけようとした莉名だったが、その前に「蜜石さん」と、五十公野に呼び止められた。

「何とかならないかな？　夏坂も悪気はなかっただろうし、責めてもしょうがない。プロジェクタが使えないケースも考えて今から動くけど、できれば使いたいんだ」

一瞬考える。今できることは。

「ＨＤＭＩケーブルですよね。代わりのを買ってくるのが早いと思います。それなら――」

「電気店か……。新宿まで行けばあるか」

「そうですね。いや、ちょっと待ってください」

同じく新宿を思い浮かべていたが、莉名には咄嗟《とっさ》に思い付いたことがあった。

スマートフォンを取り出し、地図アプリを起動する。

――うん、こっちの方が早い。

五十公野が新宿に行くことを考えるのも無理はない。今からケーブルを買いに行くなら、新宿にある大型電気店が頭に浮かぶはずだ。

だが、もっといい方法がある。莉名は説明した。

「新宿でもいいですが、改札を出て歩くので間に合うか微妙です。でも新宿と反対方面の電車に乗って、次の市ヶ谷《いちがや》駅で降りて駅前のスーパーのヨコセイに行けば、中に百円ショップのジャストライトがあるのでそこで買えます。そっちなら三十分以内で帰ってこられます。百円ショップのチェーンでＨＤＭＩケーブルを扱っているのはジャストライトだけですから」

莉名は電気店をぶらついたり、スーパーやコンビニ、百円ショップの電気製品コーナーを歩いていた頃のことを思い出した。それが数年経った今、思いがけない形で役に立った。

——私が鈴を救うんだ。

無知でどうしようもなかったあの頃。

存在価値なんてまったくなかった頃。

記憶がアップデートされる。少しは意味があったのだ。そう思えるだけで報われる。

無駄なことは何もない。一生懸命やったことは必ず次につながる。そう信じることができたら、あとは顔を上げて前を向くだけ。向かない理由なんてない。

「急いで行ってきます」

「頼りになるな。よろしく」

莉名は念のため、ジャストライトに電話をかけた。

ＨＤＭＩケーブルを扱っていることを確認できたので、名前を告げて取り置きしてもらうよう伝えた。これですぐ帰ってこられる。


ホールを出ようとすると、入り口近くのベンチに鈴が座っていた。うつむきながら、肩をすくめて両手を膝に置いている。

「鈴」

声をかけた。顔を上げた鈴が振り返る。泣いていたのか、目元の化粧が崩れている。

「莉名ちゃん。私、やっちゃった。どうしよう、もう本当最悪……。せっかく今日のために頑張ってきたのに」

莉名は鈴の頭をポンポンと叩いた。

「大丈夫。私が今から代わりのケーブル買ってくるから。時間はまだあるし、だから泣かないで待っててね」

「莉名ちゃーん」と、鈴は莉名に抱きついた。

「本当にありがとうね。傘持った？　雨降るかもしれないよ」

「えっ、そうなの？　今日持ってこなかった」

そういえば本日のミッションに気を取られ、天気予報に気を向けていなかった。

「貸そうか？」

「ありがとう。ううん、すぐだから大丈夫だよ。急いで行ってくるね」

「気を付けてね」

莉名は鈴に手を振って踵《きびす》を返《かえ》した。

そして今まさに、ホールを出ようとする瞬間だった――

12

「あ、いたいたー！」

後ろから声をかけられた。

振り向くと、営業部の鬼塚が莉名に手を振っていた。

鈴は泣き顔を見られたくないのか、「ありがとう」と言って、鬼塚が来たのとは反対の方へ歩いていった。

「蜜石さん。ちょっとだけいいかなー？」

鬼塚はプロジェクタの件を知らないのだ。

説明する暇もなく、鬼塚とその後ろから見知らぬ中年の男性が歩いてきた。引退したスポーツ選手のようにがっちりした体格で高身長だ。小柄な鬼塚と一緒にいるから、余計にそう見える。

「この人の携帯のＷｉ－Ｆｉが使えなくなって。至急直せないかな」

至急と言いつつ実は至急ではなかったというケースもある。もしそうなら、今は後回しにしたかった。

直接声をかけられた案件を優先してしまい、結果間違った優先順位で対応してしまうのは莉名の悪い癖だった。断れない自分がいつもふがいない。

『何で最優先だった仕事を後回しにしてまで、そんな依頼を優先させた？　それで仕事したつもりになってるお前が気にくわない』

どうしてこう何度も、そして何年も前の話なのに、思い出しただけで気が重くなるのだろう。ただ困っている顔に反射的に反応しただけだった。純粋に助けになりたかった。

全部言い訳だろう。純粋さや自己憐憫《れんびん》が、美徳になるなら世話はない。

「お借りしていいですか」

断り切れずスマートフォンを受け取った。原因がすぐわかればいいが。

ロックを解除してもらおうとしたが、男性から「三、〇、三、七、七、六です」と告げられてしまった。ユーザー自身で解除してもらう方がいいのだがしょうがない。莉名はスマートフォンの設定を調べた。

幸いすぐに原因はわかった。

――よかった。胸をなでおろす。

「直りました。自動接続で無料Ｗｉ－Ｆｉを繋《つな》ごうとしてたみたいです。解除したのでもう大丈夫ですよ」

莉名は試しにグーグルのトップページを開いて見せた。

男性はホッとした表情を見せた。

「ありがとうございます。本当に助かりました。申し訳ない、お出かけのところ引き止めてしまいました」

「いいえ。直ってよかったです」

鬼塚も「蜜石さんは本当に救世主だなー」とご機嫌である。

その言葉と、すぐに解決できた安心感で、莉名もすがすがしい気分になった。

会釈をすると、今度こそ本当にホールから出た。

曙橋駅の階段を降り、地下鉄ホームへ着くと、ちょうど乗ろうとした方面の電車が行ってしまった。

だがそれでも間に合う。あまり急いでもしょうがない。

莉名は落ち着きつつ、次の電車を待った。

13

市ヶ谷駅前のヨコセイに入ると、莉名はすぐにジャストライトがある二階へ向かった。

エスカレーターをあがると、フロアの半分くらいがジャストライトで占められていた。広々とした店内に、カテゴリ別に多くの商品が並んでいる。

ジャストライトに入ると莉名は店員に声をかけ、先ほど電話をかけた旨を伝えた。すぐにレジに案内され、ＨＤＭＩケーブルが出てきた。トントン拍子だ。

「ありがとうございます」

お礼を言って会計をする。

領収書を書いてもらっている間、ふとレジ横を見ると、抹茶味のチョコとイチゴ味のチョコがある。莉名はそれを手に取ると、別会計でそれも買った。

ヴィーナス会会則、その三。

――『莉名はホワイトチョコ。さゆりはイチゴチョコ。鈴は抹茶チョコ。それぞれの好きなチョコが目に留まったら、買っていってあげるべし』
この会則のおかげで、三人とも好きなチョコのストックが切れない。カロリー度外視の友情である。

任務完了！　すぐ戻るね。


一秒でも早く安心させてあげたかったから、鈴にＬＩＮＥを送った。

会計を終えて店を出るために文房具コーナーを突っ切った。ＢＢＧの商品も置いてあるのが見える。綺麗に消せるマーカーでおなじみの『マジカルペン』だ。

勤務先の商品が販売されているのを見るのは、うれしいものである。

莉名は誇らしい気分になった。


市ヶ谷駅に戻り、莉名は地下鉄のホームで電車を待っていた。

ホームの外れの方で、駅員がおばあさんに何か聞かれて、指を差しながら説明している。別の駅への行き方を聞かれているのだろう。

それを見ながら、莉名は思った。

情シスは『いないと困るが、いたらいたで面倒』と思われがちな立ち位置だ。トラブルの際は必要不可欠だが、運用変更によるユーザー権限の限定など、ユーザーに煩わしさを強《し》いることもある。忙しいユーザーに話しかけてしまい、面倒そうにされることもある。

以前に莉名は考えたことがある。それなら何を糧《かて》に働けばいいのだろう、と。

それは一人一人が見つけることだ。一般的な解答はない。

だが今、はっきりと言える。莉名にとってそれは誰かの役に立てること、そして喜ぶユーザーの顔を見ることだ。

ケーブルを買いに行くぐらい誰でもできる。だが莉名が百円ショップで買うことを思い付いたため、時間が短縮できた。

そのわずかな成果を、せめて自分だけは目に留めてもいいのではないか。気持ちのずっと奥の方を探ってみれば、それを大切にしたい自分がいるはず。

小さな達成感の繰り返しで、仕事は成り立っているのかもしれない。

そしてそれがいつか、大きな動きになっていくのかもしれない。

だったらその達成感がどんなに小さくても、他人から見たらくだらない成果でも、そのときの気持ちを大切にすることは恥ずかしくない。必ずや何かにつながる。

――こんな私でも役に立てているはずだ。

恥ずかしくなるくらい、その思いを抱きしめる。

ホームの遠くを再度見ると、おばあさんが駅員に向かって、何度もうやうやしく頭を下げていた。話が終わったらしい。駅員もうれしそうにお辞儀をしている。

莉名も知らず知らずのうちにほほ笑んでいた。

——間もなく、一番線に電車が参ります。

アナウンスが流れ、強い風とともにホームに電車が入ってきた。十分に間に合いそうだ。安心して莉名は電車に乗り込み、ドア脇に立った。確かな達成感が胸にあった。

だが、いつ何が起こるかわからない——


突発的なよしなしごとは、最も不都合なときに発生する。

ほんの二、三分の乗車のはずだった。間もなく曙橋駅に到着するところだった。

突然、電車が線路上で停止した。

『岩本町駅付近を走っていた列車が故障により緊急停止しました。そのため都営新宿線全線で運転を見合わせております。しばらくお待ちください——』

車内に無情なアナウンスが流れる。

——うそでしょ?

血の気が引いた。もうすぐそこだというのに。

すぐ動き出す可能性を信じて待ってみた。だが電車は動かない。

一報入れておこう。莉名が電話番号を知っているのはさゆりと鈴だけだ。ふたりとも出なかった。それなら次に採れる方法は一つである。

——こんなことで初めての電話をかけたくなかったな。

仕方なく御子柴に、ＬＩＮＥ通話で電話をかけてみた。できれば家かどこかで、ほんの数秒後に始まる会話を想像してわくわくしながら、通話ボタンを押したかった。

御子柴の声が聞こえるのを待つ。

ＬＩＮＥ通話の呼び出し音である木琴の音が何度か鳴った後、御子柴と電話で話すのはまた別の機会となった。それを喜べる状況ではないが。

結局、御子柴も出なかった。

完全に莉名の失敗だった。百円ショップのことを思い付き慢心した。緊急時に電話をかける相手を決めておくべきだった。

――もし出発前、鬼塚さんが連れてきた方の対応をしなければ、一本早い電車に乗れたのに。そうすれば電車が止まる前に、帰ってこられたかもしれないのに。

間に合います、と嘘を伝えてしまった。

電車が止まったのならしょうがない。そう言ってもらえるかもしれない。

ただ莉名は、軽々しく約束した自分に腹が立っていた。

電車は動かない。止まった車内は静かだ。誰かがため息をつくのが聞こえた。

スマートフォンを取り出し、時間を見てみる。

予定の社長スピーチの時間は過ぎていた。電話の折り返しは来ない。

天気のアプリが、鈴の言っていたように雨予報を知らせていた。こんな地下鉄の中では、外のことなんて何もわからない。

ざわつくホール内を想像した。このまま戻りたくないとさえ思った。

14

雨には降られずに済んだ。でもそれが何だというのだろう。

おそるおそるホールに戻ってきた。

無力感で体中の力が抜けそうになりながら、重いドアを引いて開けた。

するとそこには、莉名の思いもよらない光景が広がっていた。

ホール内は電気が消えて暗くなっており、ステージ後ろに大きくスライドが投影されている。スペシャルマートとの契約が成立したことを発表していた。

壇上にはスペシャルマートの蓮田と橋本、ＢＢＧ側は筆村社長と鬼塚が立っている。

鬼塚はマイク片手に機嫌良く、会場にいる出席者に話している。

「――のパーティーでスペシャルマートの向井さんをご紹介いただき、何度も打ち合わせを重ねてきました。向井さんは先日ご異動となりまして、本日は後任の蓮田さんと、以前から打ち合わせに参加していただいている橋本さんにお越しいただきました」

拍手を浴びながら、蓮田と橋本は深く礼をする。

――プロジェクタ、直ったの？　実は壊れていなかった？

いや、あれは間違いなく壊れていた。ということは予備のケーブルが見つかったのか。

それならよかったが、事の真相は――

マイクは筆村に渡され、蓮田と橋本、鬼塚はステージから降りた。

おそらく筆村の話の途中でスペシャルマートとの契約成立が発表され、三人は一時的に壇上に上がったのだろう。

そうしているうちに筆村の話が終わったらしい。

ホールのライトが一斉に点灯する。まぶしさと困惑で白昼夢でも見ているような気分だった。

司会の社員が閉会のあいさつをした。

「以上をもちまして、本日のＢＢＧ懇親会を終了いたします。みなさま、ありがとうございました」

会場内が拍手で包まれる。莉名も会場の一番後ろで拍手していた。

つつがなく社長の発表が済んだのならそれでよい。

莉名はビニール袋に入ったケーブルを見て思った。

——どうせなら、これ使いたかったな。

そんな気持ちがないわけでもない。ただ努力への評価を求めすぎると、時に承認欲求や自己満足の優先につながってしまう。

莉名はひとりで首を横に振り、その気持ちを振り切ろうとした。

でも難しいものである。完全には振り切れないし、割り切れない。

大切なものを扱うようにケーブルに触れていた。それに気付いて恥ずかしくなった。

傍からは、ビニール袋をぶら下げて呆然とする様は、さぞかし滑稽に見えるだろう。

15

結局社長のスピーチにプロジェクタは使えたのだろうか。

鈴は自分を責めていないだろうか。

心配になった莉名は、鈴の姿を探した。

ホールを歩き回っていると、あちこちから「蜜石さん、今日はお疲れさまー」と声をかけられる。優しい人たちだ。笑顔で応じながら鈴を探した。

ホールのスタッフが料理やテーブルを片付け始めたので、人の動きが多くごちゃついている。

ようやく鈴を見つけた。ホールの隅にいた。

遠くてよく見えないが、神妙な顔付きで誰かにお辞儀をしているようだ。莉名は近付いていった。

「本当にどれだけお礼を申し上げれば……」

鈴の声が聞こえてきた。相手が見えてきた。それは意外な人物だった。

鈴がお礼を言っている相手は、システムベアの社員の男性だった。さきほど代表の熊田にあいさつしたとき、熊田の隣にいた人物だ。

鈴は莉名に気付くと、目を大きく開けて手招きした。

「莉名ちゃん！　ありがとうね。ケーブルあった？」

「うん。でも……遅くなっちゃった」

こんな自分に『ありがとう』って言ってくれるなんて。莉名は泣きそうになった。

「いきなりだったししょうがないよ。ケーブル、この人が持ってきてくれたの」

男性は得意げに、莉名に笑みを浮かべた。

「ＨＤＭＩケーブルと言っても詳しくない人はわからないですからね。見るのが手っ取り早いです。受付にディスプレイがあったので見せてもらったら、案の定ノートパソコンとの接続に使われてました。それを一時的に借りたわけです」

それを聞いた瞬間、莉名は体中の力が抜けたような気分になった。気付けたはずだった。気を回すべきだった。

スタッフが言っていたではないか。「線をつながないと見にくい」と。ホールの使用状況を見るため、あわててノートパソコンだけ外して持ってきたのだ。

男性は薄笑いを浮かべた。

「それと……そもそもの話ですが。ＨＤＭＩケーブルはＶＧＡケーブルと違い、端子が壊れたら直すのはほぼ無理です。いろいろ試したそうですけど、全部時間の無駄ですよ。ヘルプデスクのつもりなら、それぐらい覚えておいた方がいいです」

ヘルプデスクのつもり。グサリと刺さる。

認めざるをえない。

莉名にもっと知識があれば、考えが及べば、焦ってケーブルを買いに行くことはなかったのだ。全部、無駄だった。

「そ、そうですよね……」

と答えるだけで精一杯だった。

追い打ちをかけるように、男性は冷ややかな目で言った。それはつらい一言だった。

「レベル低いですね、ここのヘルプデスク」

鈴も顔を引きつらせていた。それでも鈴にとって、いや本日の参加者にとって、この男性は恩人である。

言われても仕方なかった。ケーブルを買いに行き、人の役に立っていると感じていた。それは紛《まぎ》れもなく自己満足だった。

もっと経験があれば。柔軟にものごとを考えられれば。

――私は『使えない』のだ。きっと最初から。

自信のなさという脆いところを突かれたら、そこからひびが入って莉名を砕《くだ》いていく。頭の中を、ガンガンと音が鳴り響くようだった。

誰の力にもなれないつらさ。誰にも頼りにされない覚束なさ。

不安だし自信もないのに、どこかで自分に期待していたことに気付く。何を根拠に期待していたのか。

鈴が莉名の手を取った。

「莉名ちゃん。頑張ってくれてありがとうね。さっき声かけてくれてうれしかったよ」

莉名の方が鈴を励ましたかったのに、逆になっている。

男性が呆れたように言った。

「頑張るとか心情的な面はどうでもよくないですか？　何かあったらすぐに解決法を提案しなきゃ。じゃないと客先に迷惑がかかるじゃないですか。今日みたいに」

正論だった。返す言葉がない。

そこに熊田がやってきた。

「あっ、蜜石さん。本日はありがとうございました。スライドの件、蜜石さんが外出されていたとのことですので、弊社の小谷《こたに》が代わりに対応させてもらいました。小谷も蜜石さんに負けてませんよ」

いつ会っても熊田は、にこやかな表情を崩さない。

「私の代わりに助けてくださり、ありがとうございました」

「代わりと呼ぶには、レベルが違いすぎな気もしますけどね」

頭を下げる莉名に、小谷が上から目線で嫌味を言った。

「やめなさい小谷。それでは蜜石さん、また。引き続きグストもお願いします」

ふたりは頭を下げると、神田の方へあいさつに向かった。

鈴が莉名の方を向いた。

「感じ悪い人！　でも、あの人のおかげなのは確かで……ごめんね」

「何で鈴が謝るの？　あの人がいて私も助かったし、よかったよ」

「でも――」

これ以上かばわれるようなことを言われたら、今度こそ泣いてしまう。

ふたりの雰囲気に気付かないのか、そこに男性が「すいません」と声をかけてきた。

ケーブルを買いに行く前、鬼塚に連れられてＷｉ‐Ｆｉのことを相談しに来た男性だった。

「さっきは助かりました。お出かけの途中のようでしたが大丈夫でした？」

「大丈夫ですよ。ありがとうございます」

莉名は作り笑顔で答えた。作らなくては、笑えなかった。

「後でもいいと言ったのに、鬼塚くんがはりきっちゃいましてね」

つまり、すぐに対応する必要はなかったのだ。なぜか罪悪感がわく。

「本当にありがとう」と言うと、男性は去っていった。

莉名は思わず鈴に伝えていた。弁解するかのような言い方だった。

「私、もっと優先順位を意識して、すぐにケーブルを買いに行っていれば間に合って戻ってこられた。何回同じミスするんだろう。時間内に戻ってこられるって慢心しちゃって。鈴にちゃんと戻ってくるって約束したのに。私のせいで――」

「莉名ちゃん」

鈴が莉名の話を止めた。

「駄目だよ。莉名ちゃんは今日、誰よりも頑張ったんだよ」

優しさで胸が痛い。痛いことが、莉名が力不足であることの何よりの証明だった。


荷物をまとめていると、神田取締役が、別の取締役と話していた。

「社長スピーチのとき、スライド映せるかどうか危なかったそうじゃないか。情シスはどうなってたんだ？　そういうときのための情シスだろう」

――うわー。何で聞いてしまったんだろ、私。

血が巡らなくなるようなショックを受ける。神田は苦笑いしながら返答した。

「まあまあ、うまくいったからよかったじゃないか。蜜石さんも頑張ってくれたし」

そうかばってもらうのも、また心が痛む。

心にズシンと、どんよりとした重みがのしかかる。

情シスはどうなってたんだ――か。

そう聞かれたら、トラブル解決のために力を尽くしたと答えることができる。ただし、莉名の思い付く限りでという条件の元で――

そして今回、莉名の思い付く限りでは、トラブルを解決することはできなかった。

――私なんてそんなものなんだ。

あまりにも無力だった。

16

何となく居づらくなり、一人で外に出た。

気が付けば真っ暗である。冷たい風が体を冷やす。

ホール脇に、となりの建物と挟まれた細い路地がある。

莉名はそこに立ち、気持ちを落ち着かせた。力が抜けてホールの外壁にもたれる。

両建物で細長く切り取られた夜空を見上げた。深い溝に落ちた気分だ。

普段ならさゆりや鈴と帰るが、今はふたりの前でも笑っていられる自信がない。

そのときだった。

「あれー。莉名どこ行ったんだろ?」

「莉名ちゃん、落ち込んでたから。大丈夫かな」

声がしたので咄嗟に路地の奥、光のない暗い方へ逃げ込む。何で逃げているのだろう。こんな自分には暗い場所がお似合いだと思ったのか。

さゆりと鈴がホール正面の大きな道を、左右に通っていくのが見えた。心配そうに辺りをきょろきょろ見回していた。

やがて莉名の手のスマートフォンが震えた。さゆりの名前が画面に現れる。

心配して連絡をくれたのだ。

——ありがとう。さゆりも鈴も。

震えるスマートフォンを愛しく握りしめることしかできない。いつもより端末が冷たく感じられた。電話には出られなかった。

画面に不在着信の履歴が表示された。

そのとき、少し前に御子柴からも着信が来ていたことに気付いた。どたばたしていて気付かなかったのだ。

かけ直そうとしたけど、今の莉名は何を話せばいいかわからなかった。伝えたかったり吐《は》き出《だ》したい気持ちはあっても、それをどう言葉にすればいいかわからない。

誰にも気付かれないように、狭い路地でグッと気持ちをこらえる。

懇親会参加者が次々と、曙橋駅方面へ帰っていくのが見える。

それを眺めていると、ひとりで歩いている人物がいた——御子柴だった。スマートフォンを見ながら、のろのろと歩いている。

偶然、莉名がいる細い路地へと入り込む場所で、御子柴は足を止めた。莉名のいる場所から御子柴の姿が見える。

さっきあまり話せなかった。本当は話したかった。顔が見たい。声が聞きたい。笑ってほしい。手を差し伸べてほしい。やっぱり今、話したい。

——甘えたいと、一言で済ませられない。

静かに段々と募《つの》っていく様々な想いは、一つ一つが粒立って莉名を包む。

その想いのまま、莉名は御子柴の元へ走ろうとしたが——

「待てよ御子柴ー」

明るくはしゃぐ声がして、御子柴に数名の男性が飛びついていった。仲よさそうにじゃれ合っている。営業部の仲間たちだ。

足が止まった。こんな細い路地から、いきなり半泣きで御子柴の元へ駆け寄ったら、おかしな空気になる。

御子柴は仲間たちとはしゃいで楽しそうにしている。莉名が好きな笑顔である。

そんな御子柴を遠くから眺めている。今ここに莉名がいることは誰も知らない。

御子柴は仲間たちと曙橋駅へ向かっていった。またひとりになる。世界で一番孤独だと思った。

急に寒さを感じて、手を隠したスーツの袖で顔を覆った。温かい。でも今この冷えた気持ちを温めているのは、誰かではなく莉名自身だった。温められるのは莉名だけだった。それを思うと悲しくなった。

ヴィーナス会のＬＩＮＥにメッセージが入ってきた。

莉名、今どこ？　鈴と一緒なんだけど。

ちょっとだけ迷った末、莉名は返した。

ごめん、先に帰ってきちゃった。今日はふたりで帰ってね。

そうなんだ。今日は本当にお疲れ様だったね。

莉名ちゃん。ありがとうね。今度お礼させてね。


ふたりは、莉名がひとりになりたいことを察してくれている気がした。

スタンプで「ありがとう」と返す。それが精一杯だった。

スマートフォンを仕舞おうとして、ポケットに何かが入っていることに気付く。

それは鈴とさゆりのために買ったチョコレートだった。

――結局これ、渡せなかったな。

ふと、このチョコレートを手に取ったときのことを思い出した。

このチョコレートを買ったとき、私は役に立っているとか思い込んでいて、帰ればみんなのよろこぶ顔が見られるとか考えていて――おめでたかったな。

ほんの少し前の自分に申し訳なさを感じる。あのときに戻りたい。

そう考えていたら、ついに涙が出てきた。

曙橋駅までの帰り道は商店などもなく、静かで暗い。

しんしんとした夜の空気が孤独を誘う。

すでにみんな帰ったようだ。ひとりで歩きながら、莉名は必死に言い聞かせた。

今日の私は役立たずだったけど、次にＨＤＭＩケーブルの故障があったらすぐに対応できる。仕事に優先度をつける重要性も、今度こそ本当に身に染みて感じた。だから一つレベルアップしたのだ。とても小さくて、人が聞いたら馬鹿にするくらいのレベルだけど、昨日までの私とは違うはず。

負けていられない。暗い道で視界がぼやける。涙を拭《ふ》いた。

そうだ、困ったときは再起動じゃないか。自分で忘れてどうするんだ。

強く手を握った。意地でも前向きになる。

前向きを忘れかけた自分に、無理やり前を向かせた。

少し乱暴に、少し切なく、コミット・コミット。


そこに再び着信があった。

誰だろうか——と思う心のもっと奥に、御子柴の顔が浮かぶ。

再起動しても気持ちは寂しいままだ。

助けを求めるように、莉名はスマートフォンを取り出した。

暗闇《くらやみ》の中で、ぼうっとした光を放つ画面。

だが電話をかけてきたのは、意外な人物だった。

――こんな時間にどうしたのだろう。

不思議に思いながら、一度立ち止まる。

莉名は「もしもし」と電話に出た――


草のにおいが鼻をくすぐった。頭頂にポツンと冷たい感触がした。

ふと、暗い空を見上げる。雨が降ってきた。

17

――まさか。どうしてこんなことになるの。

通話を終えた莉名は、その場からしばらく動けなかった。

雨が莉名の体を濡《ぬ》らしていく。屋根のある場所まで急ぐ元気もない。

雨は乾いても、涙は乾かない。この寒くて悲しくてつらい思いを覚えている限りは、なかったことにはならない。

街灯の明かりがぼんやりとしているのは、雨のせいじゃない。泣いているからだった。

莉名が鼻をすする音を、降りしきる雨の音が閉じ込める。ひとりぼっちだ。

帰らなきゃ、と思ったけど足が動かない。

すぐそばのシャッターが閉まった工場に、わずかに軒がある。莉名はそこに駆け込んだ。

ますます雨は強くなっていく。

そこに誰かからメールが届いた。見てみると、母の莉枝子だった。


今日はありがとう。無事にパソコン入れて、お母さんは友達とご飯に行って楽しい一日でした。莉名はすごいね。パソコンのお仕事、難しいけど頑張ってるんだね。コロナもあるし、まだまだ体には気を付けるんだよ。お母さんは応援してるよ。また会いに来てね。


おいしそうなお鍋《なべ》を前に、こっちに笑顔を向ける母の写真が送られてきた。

優しいメッセージだ。だから今これを読むのはつらい。申し訳なさがこみあげる。

母は、莉名の仕事が順調だと思っているのだ。思ってくれているのだ。

――お母さん、ごめんね。私はすごくないんだよ。朝のパスワードの質問、お母さんは助かったって喜んでくれたけど、そんな難しくないんだよ。もうこれ以上、頑張れるかわからない。

本当は声を上げて泣きたかったけど、私も大人だからと、口を強くつぐんだ。

声を押し殺す分、止《と》めどない感情は行き場を失い、大量の涙となっていた。泣いても泣いても止まらない。どうすればいいかわからない。

何かを察してくれているのか、とおかしな想像をしてしまう。

——こんな私に、みんなどうして。

こういうときに限って次々と連絡が来る。

ありがとうって、その気持ちに感謝して、それから心は苦しくなる。

次に鳴ったのはＬＩＮＥのメッセージ受信音だった。御子柴だった。


さっき電話出られなくてすいませんでした！　よかったら連絡ください！　今日はあまり話せなかったですね。また次の機会を楽しみにしてます！


次なんてあるかわからない。だから今すぐ話がしたいけど——

泣きじゃくる莉名は、電話をかけられなかった。

駄目で弱虫な自分は、誰かの大切な何かにはなれない。感情を極端に振り切ってしまう。

道路にできた水たまりに、雨がいくつもの波紋を作っていた。水面で重なり合う輪が織りなす模様をジッと見る。その模様をなぞり切れない歯がゆさに、すべて諦《あきら》めたくなる。何も考えたくなくなる。

そんな中、邪《よこしま》な自分がちょっとだけ顔をのぞかせた。

メッセージを開いて、返信せずに既読マークだけ付ければ、御子柴は心配してくれるだろうか。心配した分だけ、もっと私のことを考えてくれるだろうか。

——馬鹿、馬鹿。何を考えているんだ。

ふと頭をよぎった自分本意の嫌らしさを、必死で拒《こば》んだ。

チケット NO.5

困ったときは再起動しましょう

1

年末年始休暇を挟み、また新たな一年が始まった。

社会人になったら、その特別感や慌ただしさは、一週間もすれば元に戻る。

ましてや最悪なスタートを切った莉名だ。やるせなさは年が変わったぐらいでは消えない。

グストを確認していると、後ろから声をかけられた。

「情シスさん、いいですか。お客さんとのデータやり取りについてご相談です――」

デザイン部の女性社員だった。ノートパソコンの画面を向けてくる。

「大容量のデータ送受をすることになりまして。容量が大きくてメールに添付できないんですけど、他に送る方法ありますか？」

「あっ、ご説明しますね。パソコン、ここに置いて大丈夫ですよ」

莉名は自分のパソコンを横にずらすと、女性社員が置けるようスペースを確保した。

「莉名、そんな窮屈にしなくても、私の方までずらしちゃっていいよー」

パソコン二台が並ぶとやや手狭である。こういうときに三連デスクは便利だ。お言葉に甘えて、莉名はパソコンをさゆりの席の方まで動かさせてもらった。

空いたスペースに、女性社員のパソコンが置かれる。

「少しお借りしますね」

と、莉名は女性社員のパソコンを操作しながら説明した。

「データを送る際は、『セキュリティルーシー』という移送ツールを使います。セキュリティルーシーにデータをアップロードすると発行される、ダウンロード用のＵＲＬとパスワードを先方に伝えてください。パスワードは別メールで送ってくださいね」

「承知しました！　セキュリティルーシーか、戸村さんが使っていたかも」

思いがけずデザイン部の派遣社員、戸村の活躍を耳にできた。勉強メモ――ではなく、『蜜石先生のＩＴ勉強メモ』は役立っているだろうか。使えない先生ではないことを願う。

「あっ、もう一個質問です。アップロード前にウイルスチェックは必要ですか？」

「はい、アップロードと同時にチェックされるので大丈夫ですよ」

「ありがとうございます。やってみますね！」

女性社員は頭を下げると、戻っていった。

笑顔で見送りながら、莉名は内心思っていた。

――『蜜石さん、最近どう？』と、急に聞かれなくなった気がする。

気を使われているのだろうか。

いや、気にしすぎだ。誰にもわからないように、クッと体に力を入れる。『最近どう？』と聞かれなくても、私は元気だ。絶対そうだ。

こっそり自分を再起動する。

それから莉名は、左隣の席の小谷に、今の内容について説明する。

「――ということで、ここではデータ移送にセキュリティルーシーというツールを使っています。今のように案内してもらえれば」

「なるほど。その手のシステムに、ウイルスチェック機能は常識ですけどね」

小谷はパソコンから目を離さずに言った。メモを取っているらしい。

相談に来たユーザー用に空けていた莉名の左隣の席は、先週からシステムベアの小谷が座る席となっていた。

――あなたの常識が他人の常識とは限らない。各々の常識が違うから協力し合うことが大事じゃないの？　それに誰か来たら、パソコンを置くスペースを空ける配慮くらい、してくれてもいいのに……馬鹿！

そう言いたいけど我慢する。『馬鹿』だなんて、普段人に言わない言葉を頭の中で使ってみたら、余計むなしくなった。

今までは左を向けば活気にあふれたオフィスを見渡せたのに、それができなくなった。しょうがないことだけど、気持ち的にも窮屈である。

莉名はこれまで通り、変わらずに笑顔で過ごすつもりだ。それが一番だから。

あと少し――ＢＢＧ勤務最終日まで。

2

スカーレット株式会社　蜜石莉名。

スカーレット株式会社　長谷川康平。

業務委託を受けてBBGで働いていたふたりは、一月末で職を退くことになった。

去年十一月の懇親会の日。夜空の下でひとり落ち込む莉名に電話をかけてきたのは、スカーレット代表の梅沢だった。

『詳しくは会ったときに説明しますが、BBGさんの現場が終了となります』

今でも思い出しただけで泣きそうになる。

あんなに悪いことが積み重なった日も珍しい。

突然のことに、莉名は「はい」と答えるのが精一杯だった。


その翌日、お昼休憩の時間に梅沢に会って、詳細な説明を受けた。

この間と同じ八丁堀駅近くのファミレス『ボード・イースト』だが、あの時とは空気が違う。今日もごちそうしてくれたが、正直食欲はない。

梅沢は淡々と説明をした。

「今回、BBGさんの情シス業務の委託先を、神田さんが懇意にしている、システムベアさんという会社に切り替えることが決定したそうです。ふたりで対応していた業務をひとりで対応するそうなのですが、そんなことが可能なのか疑問です……」

「システムベアさん……」

思いがけない名前だった。

「知っていますか？」

「はい、社内で使っているグストというチャットツールの開発元です。代表の方にお会いしたこともありますが、ＳＩもしていると言っていましたね」

ＳＩはシステムインテグレーションのことであり、システムの開発や運用をまとめて引き受ける事業だ。一社でトータルサポートできるのが利点である。

システムベアへの切り替えとなると、次々と心当たりが出てきた。

あの日、システムベア代表の熊田がＢＢＧに来社して神田と話していたのは、情シス要員の提案だったのではないか。懇親会に参加していたのは、すでに切り替えが決定していたからだろう。

「引き継ぎ期間は一ヵ月です。今年いっぱいでの現場終了も打診されましたが、さすがに急ぎますし、年始は大きいシステムエラーの可能性もあるので、一月にずらしてもらいました」

年末年始やＧＷなど連休前後は、ＩＴの部署が気を使うところだ。

「従って一月は、スカーレットとシステムベアさんの両体制で勤務となります。実は前から神田さんから話は伺っていて、私も説得したのですが力及ばず……。業務が属人的となっている長谷川さんには早めに伝えておきました。もしもに備えて、引き継ぎ資料をまとめておいてほしいと」

莉名の見えないところで、いろいろ動いていたのだ。

「長谷川さんが最近忙しかったのは、そういうことだったんですね。もしかして、私の対応業務一覧表も――」

莉名も梅沢から依頼を受け、BBGでの対応業務一覧を提出し、各業務について梅沢からヒアリングを受けたではないか。

「そうです。あれも私から神田さんに、あらためて蜜石さんの強みを説明するためでした。実際神田さんは、蜜石さんの努力やユーザー対応については誠実に評価してくれていました。ただキャリアの浅さを突かれてしまいました。切り替えの口実かもしれませんが」

懇親会でシステムベアの熊田に投げられた言葉を思い出す。

――蜜石さんは優秀ですね。どこでもやっていける。何の心配もいりませんね。

あれは痛烈な嫌味だったのだ。

真意に気付かず、よろこんでいた自分が情けない。

莉名の気持ちに気付いているのか、梅沢は何度も繰り返していた。

「先方都合で案件が突然終了することも、珍しくはありません。今回も、終了理由が蜜石さんにあったわけではないのです。働き慣れた現場を去るのはつらいと思います。ですが私がまた、蜜石さんが気持ちよく働ける現場を見つけます。なので気を落とさないでください。引き継ぎも大切な仕事なので、どうか最後までお願いします」

「はい――」

梅沢が言ったように、次の職場に気持ちを向けていかなければならない。

今こそ気持ちの再起動が必要なときだ。

だが、なかなかできない。

「蜜石さん、あまり食べる気にならないですか？」

莉名の箸《はし》が進んでいないことに、梅沢が気付いた。

「無理しないでくださいね。うまく説得できず申し訳ないです」

何度も謝る梅沢を見ると胸が痛い。

「いえ、そんな。私こそお役に立てず――」

梅沢は莉名に問題はなかったと言うが、まったくそうだったわけではない。長谷川の助けがなければ、高度なスキルが要求される業務はできない。ＩＴ業界に入って二年では、まだ貴重な戦力とは言いがたいだろう。

ずっと不安と戦いながら働き続けていた。

ぎりぎりのところで気持ちを保たせていたが、完全に自信がなくなった。そこに追い打ちをかけるように決まった、現場の終了。

莉名はもう、自分のことがまったく信用できない。

ＢＢＧを去るまで、気付けば残り三週間。

できる範囲をベストでやるしかない。だがそのできる範囲というのが、ことさら狭く感じられて、情けなかった。

結局、ランチは残してしまった。オプションで付けたドリンクバーも、ウーロン茶一杯しか飲まなかった。ごちそうしてもらって残すなんて、梅沢にもお店にも失礼だ。

3

こうして、ＢＢＧの残り勤務日数をカウントする日々が始まった。

「蜜石さん。その方法回りくどいです。もっと簡単にできますよ」

小谷に嫌みったらしい返しを受けながら、引き継ぎを進めていく。

さゆりが莉名越しに小谷をにらみ付ける。だがその鋭い視線を感じるのは、莉名だけである。

「こいつ、マジで何なんだよ……」

ボソッとつぶやくさゆりに、莉名は口に人さし指を当ててたしなめる。

もちろん莉名も嫌だが、簡単にできる方法があるなら、それを知らないのが悪い。

「あれ、何ですかこれ？『莉名ックス』？」

サーバーにある情シス用のフォルダを見ていた小谷が、『莉名ックス』に気付いた。

仕事の端々《はしばし》で出していた茶目っ気を、よく思わない相手に見られるのは気分が悪い。

「カルタとは別のもっとラフなメモです。私しかわからない書き方にしちゃってるので、綺麗にまとめて引き継ぎますね」

「へー、ざっと見た感じユーザー個別マニュアルみたいな感じですかね？　こういうの助かります。面倒なユーザーは、型通りの対応でテキパキさばきたいですもんね」

一言も二言も多い小谷の相手は疲れるが、努めてドライに進めるしかない。とはいえ気に入らないときもある。

気持ちを込めて、少しずつ更新していったファイルだ。ユーザー個別マニュアルだなんて、無機質な言葉で片付けてほしくない。

——でも、『気持ち』なんて必要だったのかな。効率を追求すれば、その分ユーザーに時間を割《さ》くことができて、結果その方が役に立てていたのかもしれない。

迷いが生じる。拳を握る力が強くなる。目の奥がツンとする。

小谷が呆れ気味に言った。

「ずいぶんと口語調ですね。せっかくまとめるなら、初めからきっちりやっておけばいいじゃないですか。あとリナックスってOSだから、ファイル名にするのは変ですよ」

わかってるよ。見つかった瞬間、そこはツッコまれるなと覚悟していた。

でも、ぐうの音も出ない。

個人的な印象でもいい。何となく思ったことでもいい。

ユーザーのことを細かく記録することで、この現場に歩み寄れると思っていた。甘いのだろうか。間違っているのだろうか——おそらく間違っているのだ。

日を追うごとに追い詰められていく。間もなくやってくるからだ。莉名のふがいなさにより訪れる、BBG勤務最終日が。

そんなときでも笑顔は続けられる。

心なんて誰にも見えないから、取《と》り繕《つくろ》うのはたやすい。

あっという間に引き継ぎ期間は終わった。

最終日、昼休みに送別会代わりのランチ会を開いてもらった。大勢の人が集まってくれたが、どこか寂しかった。

業務終了後、莉名は綺麗に片付けられたデスクを眺めていた。

ここで働いてきたことは、これからの人生に無駄にはならないはず。

そう思うものの、がらんとしたデスクを見ると、二年間の積み重ねが跡形もなく消えた気がした。あっけない終わりである。

4

最終日の業務後、さゆりと鈴がヴィーナス会を開いてくれた。さゆりと鈴いわく、今日は臨時扱いのヴィーナス会で『莉名ちゃんBBGお疲れ様会』だそうだ。

初めは懇親会のお礼ということで豪華なお店の予定だったが、莉名が断った。なので今日は、会社近くのなじみがある居酒屋、『松若屋《まつわかや》』だ。

「莉名ー！　ヴィーナス会は引き続き決行するからな」

さゆりはビールをグイッと飲み干し、コン、とグラスをテーブルに置きながら言った。いつもより飲むスピードが早い。

「そんなの当たり前ー」と、鈴も意気込む。

ヴィーナス会は解散しない。

だから豪華なお店は、莉名の次の職場が決まったお祝いに使ってもらうことになった。

初めはお疲れ様会も職場が決まったお祝いも豪華なお店で、そのうえ莉名はどちらも無料にするとふたりが言い出したのだが、さすがに申し訳なかったのだ。

でも、そこまでしてくれようとするふたりに感謝する。

いつまでもこの関係が続けばいいのに、と莉名は思う。

「莉名ちゃん。そんな寂しい顔しない！」

ふたりをしみじみと眺めていたら、鈴に指摘された。

そこにさゆりも加わってくる。

「莉名！　ヴィーナス会もそのうちフェイドアウトするんだろうなとか考えるなよ！」

まったくふたりには敵《かな》わない。そんな敵わなかった毎日は大切な思い出である。

「莉名ちゃん、次の職場は決まりそう？」

鈴に聞かれた。

「ううん、まだかな。しばらくは会社の事務の手伝いをしたり、資格の勉強を続けたりして過ごすよ。今いろいろ探してもらっているところ」

梅沢からは随時、次の現場を調整している旨の連絡をもらっている。

「いろいろな現場があるんだね。だったらその中から楽しい職場を選べるってことだね……とはならないか」

そう言って鈴は笑ってごまかす。

鈴は莉名が楽しい選択肢を選べる状況であってほしいのだ。理想を言ってしまい、照れくさくて笑ったのだろう。

「でも楽しいところだといいね！　それでＢＢＧはどうだった？　ＩＴのお仕事で初めての職場だったんでしょ？」

「……うん、楽しくお仕事できた！　本当にみんなに感謝してるよ」

——胸がチクッとする。まだふたりには何も話せていない。

「感謝してるのはこっちだっつーの」

さゆりの言葉に、鈴も「本当だよー」とうなずく。

「そんなそんな、失敗ばかりだったし」

莉名は手を振って否定する。

「そんなことないよ。でも莉名ちゃんがＢＢＧに来た頃は、おとなしくておどおどして大丈夫かなって思った。新しい業界に入りたてで、いっぱいいっぱいだったんだよね」

さゆりも同意した。

「ねー。でも段々明るくなったからよかった。『蜜石さん、最近どう？』って決めぜりふまで作っちゃってさ」

「あれは私の決めぜりふじゃないって」

鈴がレモンサワーを飲みながら言った。

「でも明るくなったし楽しくお仕事できたならさ、莉名ちゃんもＢＢＧで成長できたってことだよね」

さゆりがそこに続けた。

「次の職場では最初から明るい莉名で、勢いよくスタートダッシュかませよ！　いつものにこにこしている莉名の方がいいもん」

「それは言えるね。矢沢永吉さんもこう言っているよ。『最初、サンザンな目にあう。二度目、オトシマエをつける。三度目、余裕。こういう風にビッグになっていくしかない』って。まだまだ私たちいけるよ！　お互い頑張ろうね！」

「素敵な言葉だけど、それより鈴の名言カタログの充実っぷりが気になるわ！　しかも何でそんなすぐ拾ってこられるんだよ！　頭の回転エグいぞ！」

莉名が思ったことをそのまま、さゆりが口にした。

三人の笑い声が上がる。

「ありがとう」

お礼を言った莉名は、自然とほほ笑んでいた。

皿に載った焼き鳥の串《くし》を外しながら、さゆりが言った。

「次の職場は、莉名の歴代で二番目に楽しい職場だといいよね」

「二番目？　何で？」

莉名が聞き返すと、さゆりは「おいおい」と、問いただすような顔をしながら言った。

「……一番はＢＢＧだろうが！」

そう言ったさゆりは、何と泣いていた。

「だって悲しいじゃんかー。あんなに莉名は頑張ってたのに」

顔を赤くして、目から涙がどんどん流れている。

「莉名の馬鹿ー。辞めるなー」

無理難題を突きつけてくる。

「さゆちゃん……」

鈴までもらい泣きしだした。

「神田さん、莉名を辞めさせるなんて馬鹿じゃないの。あいつ、取締役失格だよ」

どさくさに紛れてさゆりが経営陣批判を始めた。ここだけにしてほしい。

「ふたりとも――」

莉名の視界が一気にぼやけてきた。「ありがとう」が言えない。

目の奥のツンとした気持ちをごまかすように、ビールをグイッと飲んだ。

ＢＢＧに来られて本当によかった。泣いてくれる相手がいる。ふたりとの関係も、ＢＢＧで築き上げられた宝物の一つだ。

しんみりとした空気になったが、そこにさゆりが、

「私、小谷が辞めても泣かない自信あるわ。あいついちいち嫌みったらしいんだよ」

と、誰もが口をつぐんでいた爆弾を落とした。ビールを吹き出しそうになる。

もちろん莉名も言いたいことはあるが、一応フォローする。

「まあまあ、小谷さんは私より全然優秀だから。確かに癖のある人だけど……」

「莉名が心配するなよ！　優秀とかそんなのじゃなくて人の問題だよ。パソコンが詳しいとか関係ないよ」

関係なくはないが、さゆりにかかれば小谷のスキルも形無しだ。

「絶対に嫌だよ、ねー、鈴？」

さゆりは鈴に振った。「ま、まあ……」と鈴も煮え切らない返事である。

「あっ、そっか。あんたは小谷とは微妙な感じなんだよね」

「勘違いされそうな言い方やめてよ。ほら、一応懇親会のときに助けてもらったから」

「じゃあ小谷のことどう思う――」

「嫌なやつ！」

間髪入れずにズバッと言う鈴に、笑い声が上がった。

「そういや御子柴さん、今日ちょうどいなくて残念だよね」

さゆりが思い出したように言った。残念ながら御子柴は出張中で、今都内にいない。

「御子柴さん？　何で？」

鈴が不思議そうに聞く。

「だって御子柴さん、絶対莉名のこと気に入ってるし。わかりやすすぎるよ。でさ――」

次にさゆりは、莉名に向かってグッと顔を近付けた。

「莉名はどうなの？　莉名も御子柴さんのこと気になってるよね」

鈴は「えー、そうなのー！」とおどろいている。

「私は別に……」

と言いながら、ビールに手が伸びのどを潤《うるお》す。我ながらわかりやすい。

実はもうＬＩＮＥをしているなんて言ったら、話が大盛り上がりしそうだ。

ただ付き合っているわけでもないし、何だか言い出せない。


送別会行けなくてごめんなさい！　戻ったら会いましょう。お土産楽しみにしててくださいね。


昨日、御子柴からはそんなＬＩＮＥが来ていた。会う約束があることが心強い。

「ま、進展があったらちゃんと報告するんだよ」

さゆりに強引に約束させられた。

――進展があっても冷やかされなくて済むな。

ＢＢＧを去ることによる数少ない、というよりはたぶん唯一のメリットに気付き、莉名は安心した。安心したということは、進展を期待しているのだ。

「報告しなかったら、莉名の次の職場に乱入してでも聞きに行くからな」

目でものを言うを地で行くような目力で、さゆりは莉名をにらみつけていた。さゆりと鈴には、ちゃんと報告が必要だ。

その他にも、いつものように三人でたわいもない話をし、いっぱい笑った。

そろそろ出ようかとなったとき、莉名はふたりに伝えることにした。

なかなか思ったことを伝えられない莉名だが、今日ぐらいは勇気を出して。

伝えたいことを伝えるのに、本当は勇気なんてなくてもいいはずだけど。

「ふたりとも、今日はありがとう。またこうやって会おうね。さっきさゆりに言われてビクッとした。私の心見透かしているんだもん。別々の環境になったら、最初は頻繁に連絡を取り合っていてもやがて間隔は空いていき、最終的には途絶えるのかな。そしてその頃にはお互い寂しさも覚えなくなるのかな、って思っていた」

「ほらー。やっぱり」

さゆりは口をとがらせた。

「でもふたりに会えなくなるの嫌だから……。新しい職場の私を見せるようにするね」

「待ってるね。うちらも莉名ちゃんに負けないように頑張らないとね」

鈴の言葉に、さゆりもうなずいた。

「うん。これからもよろしくなー」

今日はちゃんと言えた。仲良くしてくれたふたりに、絶対に言わなきゃいけなかった。

BBGはいい職場だった。過去形となってしまったことが寂しい。

そして積み重ねてきた小さな自信も、あっけなく崩れてしまった。

またこれからの生活で、取り戻していけるだろうか。

でも気持ちをあらためていこう。ふたりに心配かけないように。

いつもの再起動が必要だ。困ったときの再起動。


店を出てキャップをかぶると、突然さゆりが振り絞るように叫んだ。

「ヴィーナス会会則その二を改定！　各々の仕事を楽しみつくす！　かっこ、愚痴も楽しみに含まれる！」

「もーう、さゆちゃんちょっと酔っ払ってる！」

鈴が笑うと、さゆりも「アハハ」と大声で笑い、

「莉名ー。頑張れよー」

と、莉名に突進して抱きついてきた。

「いたた、痛いって」

さゆりのかぶったキャップのつばが、思いっきりお腹《なか》に刺さる。

痛いけど、思わず笑みがこぼれた。

ふたりを見ていたら元気が出てきた。莉名の笑顔が好きと言ってくれた。

さゆりと鈴の言う通り、ＢＢＧに来たばかりの莉名は暗かった。

――いつか、ちゃんと話そう。そうなれるようにこの関係を続けよう。

心が痛む。こんなに心を開いてくれるさゆりと鈴に、莉名は二つ嘘をついていた。

一つ。莉名は御子柴とすでにＬＩＮＥをしている。

そしてもう一つ。

ずっと嘘をつき続けている。ずっと言えずにいる。

莉名にとってＢＢＧは、ＩＴ業界に入って初めての現場ではない。

5

出勤しない毎日が始まった。

約二年間働いた株式会社ＢＢＧ情報システム部を離れ、莉名は一時的に待機期間となった。

スカーレットはオフィスがないため、会社の所在地は梅沢の自宅である。

そのため莉名も自宅での待機となり、梅沢から送られてくるファイルの事務手続きをしたり、資格の勉強をする毎日が続いている。ミントの葉が育つのを見守るのが、ささやかな楽しみの一つだ。

テレビ前のガラステーブルの上には、最近いつも同じ本が置いてある――『プロに学ぶ！

お家で本格カレー』。せっかく家にいるからと、気が向いては作っている。

今日はどうしようか。カレーにしようか、それか和食とか別のものでもいいな。

本を取ってパラパラとめくった。

骨付きチキンカレーや鯖《さば》キーマカレーなど、作った料理のページには付箋を貼っている。書籍に貼る専用のBBG商品、『ブックマーク』だ。丈夫で薄い紙でできているので、たくさん貼っても本が膨《ふく》れない。前にオフィスで余っていた分をもらったものである。

だが、資格勉強の参考書にも貼って使っていたから、もう残りは少ない。

また余ったりしないかな、と考えたところで、

——あっ、私はもうBBGさんで働いていないんだ。

そう思い直して寂しくなった。

その参考書は勉強机の上にあり、その脇にはBBG商品のペン『カウントくん』がある。ペンの動きを記憶させることで、同じ文字を書いた回数をカウントしてくれる優れものだ。これも発売前の配布用をもらったものだった。

新しい生活の端々にまだ残る、BBGにいた証《あかし》の数々に、まだ莉名の胸は痛む。

そこに、梅沢から電話があった。

「この間面接に行った会社ですが、夜勤可能な人員でないと厳しいと、お断りの連絡がありました。しょうがないですね」

「そうですね……。残念ですけど」

先日、梅沢と面接に行った会社からの返事だった。

一口にＩＴ業と言っても、業務は現場それぞれだ。

面接に行った現場はサーバー保守業務だったが、二十四時間稼働でシフト制の交代勤務だった。莉名は体を壊して前職を辞めているので、夜勤をやっていけるとは思えなかった。それなのに断られると多少はショックだから、わがままなものである。

「また別現場を探してみますので、蜜石さんは焦らずに勉強を進めてください。お手伝いしてほしいことがあったらまた連絡します」

「はい。ありがとうございます」

「ＢＢＧさんで働いたことは大きなキャリアになっています。現場でも蜜石さんが去ることを惜しむ声が多くあったと聞いています。そう言ってくれる方がいたことを忘れないでください。前とは事情が違いますからね」

「はい」

――前とは事情が違う。

思い出すと心がざわつく。誰かがどこかで笑っているような、そんな気さえする。

電話を切った。二年前を思い出した。思い出したくないのに。

当時の記憶がなだれ込んでくる。

6

気分を変えようと、散歩がてら夕飯の材料を買いに外へ出た。

莉名の住むマンションからは、東武東上線大山駅から延びる商店街、ハッピーロード大山へも歩いて行けるので、散歩がてら買い物に行くことが多い。

まだ十六時である。空は明るく、今日は少し暖かいので気持ちがいい。

不思議な感覚だ。カレンダー通りに休日を取る会社勤めとしては、平日の夕方早い時間に、のんびり外を歩くことはあまりなかった。

都道四二〇号を大山駅方面へ向かう。

巨大なチェスの駒《こま》みたいな大谷口《おおやぐち》給水所の横を通り過ぎた辺りで、楽しそうに笑う女子高校生の三人組とすれ違った。

——私にもあんなときがあったな。まさかこんなことになるなんて。愉快に笑っているだけではいられない。

どうしても気は沈む。こんな時間に何をしているのだろう。

解放的な感覚が気持ちいい反面、どこか罪悪感を覚える。

——そういえばあの頃も、平日の早い時間からこんな風に買い物をしていたな。また同じことを繰り返している。

やはり今は、いろいろと思い出してしまう。

給水所を過ぎた辺りから、歩道脇にツツジが植えられており、春になると赤い花を咲かせて綺麗である。

——ツツジが咲く頃、私はどうしているだろう。綺麗だな、って素直に思える私でいるだろうか。

そうではない未来を想像して、怖くなった。

ハッピーロードに着いた莉名は中を歩き始めた。

お総菜屋さんの呼び込みの声。

大人気のお肉屋さんとクレープ屋さんの行列。

夕飯のメニューに迷っている様子で、お店を見ていく子連れの主婦。

にぎわう商店街を歩きながら、ひとり取り残されたような気分になる。

また昔のことを思い出していた。

莉名にとってBBGは、IT業界に入って初めての現場ではない。

スカーレットに入社した莉名は最初、ある会社のシステム運用業務に配属された。

成り行きで入った業界ではあったが、それでも希望に胸を躍らせて飛び込んだ。

しかしそこは数人の古株がのさばり、それ以外のメンバーが次々に辞めていく現場だった。

残念ながらそんな厄介な現場がある。その状況は梅沢にも知らされていなかった。

莉名は必死で業務に取り組んだ。

笑顔を忘れず、メンバーとも積極的にコミュニケーションを試みた。

だが時に古株は、そういう人間を嫌う。

『鬱陶しいな。一人になりたいから余計な詮索してこないでよ。私の考えていること全部、いちいちあんたに伝えなくちゃいけないの？　何か見返りほしいの？』

歩み寄ればそう突き返された。次第に莉名は、意地悪な態度を取られるようになった。

『頑張ってチャレンジしてみなよ。蜜石さんなら乗り越えられると思う。期待しているよ』

そう言われて仕事を割り当てられたが、今ならわかる。あの内容は業界入りたての莉名には難しすぎた。当時は仕事の難易もわからなかったのだ。

やり遂げられず報告したとき、莉名がクリアできるか、賭けの対象にされていたことを知った。

別のあるとき、ユーザーから相談ごとを受け、莉名が引き受けたことがあった。それも進めてみると、思いの外難しい作業だと判明した。込み入った依頼で、誰であろうとその場で判断できることではなかった。

そこですぐにメンバーに相談すると、

『愛想振りまくだけでも気にくわないのに、勝手に安請け合いすんなよ！』

と、文句を言われた。莉名でなくても誰かが引き受けていたのだから、やつあたりに近かったのだろう。結果、メンバー全員で取り組むことになった。

その間も別の依頼は来る。できる業務は率先して取り組んでいたら指摘された。

『何で最優先だった仕事を後回しにしてまで、そんな依頼を優先させた？　それで仕事したつもりになってるお前が気にくわない』

もう現場メンバーは、莉名の一挙手一投足が気に入らなくなっていたのだろう。

どこからが反省すべき莉名のミスだったのか、どこまでが理不尽な叱責だったのか、莉名にはわからなくなっていた。全て自分が悪いとしか考えられなくなった。

——私は役立たずだ。

電車に乗る前に、駅のトイレで泣いてから帰る日が続いた。

そんな当時のことを思い出していたら、

「……あ！」

考え込んで前が見えていなかった莉名は、向こうからやってきた歩きスマホの若い男性とぶつかった。

咄嗟に謝ろうとしたが、おどろいたせいで声が出ない。

男性は怒りもせず振り返りもせず、スマホから目を離さず歩いていく。過去に囚《とら》われて我を忘れるのも、歩きスマホと同じくらい迷惑なのか。そして今の我関せずといった様子。

——私のことなんて、誰も気にしていないのかな。

そんなことを思う、自意識過剰な自分がまた嫌になった。

あの頃のことを考えると、いまだに落ち込む。

極端に人と衝突したり嫌われたりすることがなかったので、余計に落ち込んだ。自分は嫌われていると意識しすぎるあまり、ますますコミュニケーションが取れなくなった。被害妄想と疑心暗鬼で押《お》し潰《つぶ》されそうな毎日。

笑顔は完全に消えた。人前で泣かないようにするのが精一杯だった。

『愛想がいいのは最初だけだね』

そう嫌味を言われた。

ついに心が折れ、梅沢に相談した。もっと早く言うべきだったのは莉名のミスだ。

結果、梅沢も現場の環境を変えることは難しいと判断。

莉名は二ヵ月ももたずに、現場を去ることになった。

『まだ何も身に付けてないのにもう辞めるの？　無駄な時間を過ごすの好きなんだね。何しにここ来たんだよ』

最終日、退室する際に笑いながら言われた言葉である。まったくその通りだと思った。

最初の仕事に限界を感じ転職して、新たに入ったＩＴ業界。

初めての現場で、たった二ヵ月弱でのリタイア。

立て続けの挫折は、莉名にとって消えない傷となった。

後で梅沢に聞いたが、莉名の後任者も同じ目にあい、すぐに辞めたそうだ。次々に人がいなくなる状況に、現場側の担当者が疑問を感じ内情を調査。莉名をいじめた連中はバラバラになり、現場の組織体制変更などもあって、もう今はそこの現場自体ないらしい。

だがそんなことは、何の慰めにもならなかった。

なかなか治らない擦り傷みたいに、傷付いた心はやがて理由や原因を意識しなくなり、ただそこにある痛みとなる。

悪いのは莉名ではなく現場だと、梅沢は何度も説明した。

しかし莉名はなかなか納得できなかった。自責の念で塞《ふさ》ぎ込《こ》む日々が続いた。

当時は新型コロナウイルスの流行により緊急事態宣言が数ヵ月おきに発令されており、気軽に遠出できる雰囲気でもなかった。そのため遠方に住んでいた当時の恋人と会うこともできず、徐々に心は離れ、最後には別れてしまった。

住んでいた部屋を断捨離したのはそのときだ。断捨離とは言い訳で、恋人との思い出の品を半ば勢いで処分しただけである。

そうしたら部屋は、思いの外殺風景になった。

——つまり私には、何もなかったんだな。

部屋は今に至るまで、ほとんどそのときのままだ。

何度も歩いているこの商店街だが、不思議なことに二年前の気持ちがよみがえる。弱った心は、何に触れても染《し》みるらしい。

思えばあのときも、今と同じような気持ちでここを歩いていた。

とことん沈んで、気が緩むと楽しかったことを思い出してしまって、我に返ってはまた落ち込んで。学んでいないな、成長していないなと、ため息が出る。

前方にカフェの看板が見えてきた。

以前からあるカフェだ。コロナ禍で閉店した店も多いが、ここはまだ残っている。二年以上前、当時の恋人がこっちに遊びに来たときに入った。外から見える一階レジ左にあるカウンター席で、ずっと話したのを覚えている。

未練があるとかではなく、ただ懐かしさを感じるだけである。

でも、在りし日に思いを馳《は》せて逃げたくなるときがある。同時にそれでは駄目だと、振り切りたくも思う。

お店の方を見ないように反対側を向いて歩いた。何となく、そうした。

ＩＴ業界初めての現場を早々に外れた莉名だったが、梅沢は見抜いていた。莉名の気遣いに長《た》けるところはヘルプデスクで発揮されるはずだ。莉名の元々備わっているその強みと業務スキルが合わされば、間違いなく役に立つ。

そして莉名はＢＢＧにやってきた。

そのタイミングで髪をショートボブにした。勤務初日の朝、首元を通り過ぎる涼しい風が気持ちよかった。この心地よさをこの先もずっと感じていたいと思った。

持ってきた物は、前現場で作成していた『勉強メモ』。共有で使うフォルダに置いていたら、意地悪なメンバーからファイル名を勝手に『ド素人のお勉強メモ』に書き換えられていたが、再び元の名前に戻した。他に持っていたのは、激しい無力感と劣等感だけ。

初めは怖くてたまらなかった。暗い人間に見えていただろう。

だがこの現場は莉名を迎え入れてくれた。

段々ユーザーに感謝されることにやりがいを見いだし、未熟ながら積極的に働きかけたいと思い始めた。性格も本来の莉名に戻っていき、ようやく前に進める、と思った。

でもたまに思い出す。

どうしようもなく駄目だったあの頃を。何もできずに暗闇の中にいた自分を。

否定され続けたあの頃を、誰かに助けてほしくなる。

案件を終えればコミット・コミットと唱えた。無理にでも成長していると思わないと、不安になってしまうからだ。

困っている人が目に入ると、昔の自分を見ているようでつらかった。おせっかいかもしれないが、思わず声をかけていることがあった。

あれは、昔の自分を助けたいだけだったのだろうか。

独りよがりの思い上がりだったのだろうか。

結局、莉名は怖がっている。

また同じことが起きるのではないかと。二度あることは三度あるのでは、と。

もう一度同じ目にあったら立ち直れない。

気が付けばアーケードを抜け踏切《ふみきり》を越えて、大山駅近くのもう一つの商店街、遊座大山商店街に入っていた。莉名の家とは逆方向だ。

きびすを返すと同時にカンカンと音が鳴り、目の前の踏切の遮断機が降りる。

左右交互に光る赤いランプが、おどけたピエロがボールでジャグリングをしているように見えた。まるで莉名を嘲笑《あざわら》っているようだ。励ましてくれているかもしれないのに、卑屈に考えてしまう。

なぜ今、こんな生活を送っているのだろう。

電車の向こうに見えるのは、いつもと変わらぬ商店街。

特別なことはないけれど、いつでもある風景。普段なら大好きな風景である。

自分ひとり、そこから外れたような気がした。孤独を感じる。

早くまた、のんびり買い物を楽しめる日がくればいい。

つらい思い出とかコロナとかうじうじしている自分とか、嫌なものは全部どこか行ってしまえばいい。

そうだ。今日ここに来た目的は買い物である。

スーパーに入ろうとしたら、店頭の『平日限定セール』の貼《は》り紙《がみ》に目がいった。ラッキー、と気持ちが高まる。

つらい記憶で頭はいっぱいなのに、楽しかろうがつらかろうが日常は続いているのだなと、当たり前のことを思う。安売りに目が行く自分は現金だなあ、と呆れもする。

落ち込むならしっかり落ち込めばいいのに。

そう考えているのかもしれない。

自分を悲劇のヒロインに追い込んでいるような気がして、ますます自己嫌悪に陥《おちい》った。

気分転換のために外に出たのに、あの頃を思い出して気が重くなってしまった。

梅沢は積極的に動いてくれている。莉名は待つことしかできないのに、次の職場は見つかるのかとか、余計な心配までし始める。

宙ぶらりんの毎日は、想像以上に苦しい。

7

「やっと来られましたね。念願でしたよ。すごく楽しみにしてました」

テーブルの反対側に座る御子柴は、窓の外に目をやった。

「私もです」

莉名も、緊張気味に応じた。

淡い光が店内を彩る。ビルの八階、窓の外の夜景も綺麗だ。

ここは東京駅近くのレストラン、『フックロック・トーキョー』である。

各テーブルは壁で仕切られていて、薄いカーテンがかかっている。

「ここ、コロナ対策で全席を半個室に改装したそうです。この方がゆっくりできますね」

なかなか予定が合わなかったが、ようやく御子柴と食事をする約束が実現できた。まさかそれまでに、莉名がBBGを辞めるとは思わなかったが。

気が滅入《めい》っていた莉名だったので、御子柴に誘ってもらえてありがたい。

ジャケットに白Tシャツ。プライベートで会う私服姿の御子柴は新鮮である。

いつもは上げている前髪を下ろし横に流しているのも、アンニュイで素敵だ。

一方の莉名も、花柄《はながら》のワンピースに黒のカーディガン。足下はお出かけ用のスニーカー。莉名なりの精一杯のおしゃれだが、普段着飾らないため、変に思われていないか心配になる。オシャレ美容番長にコーディネートをお願いすればよかった。

「蜜石さん、いつもと雰囲気違いますね。すごく素敵です」

「あ、ありがとうございます。御子柴さんも、その、いつもと違った雰囲気ですね」

ほぼオウム返し……。それならせめて、なぜ素敵ですって言わない！

あいかわらず、素直に言葉にできない自分にがっくりする。

「じゃ、乾杯しましょうか。BBGでの勤務、本当にお疲れ様でした！」

御子柴がグラスを差し出した。莉名もグラスを差し出す。

カチャンと音が鳴り、揺れるワインがグラスに薄い紫の膜を張った。

「こちらこそお世話になりました」

莉名も笑顔で返事をした。笑顔には笑顔で返したい。

初めはとりとめもない話をした。

御子柴は休日はインドア派らしい。出張で全国あちこちに行くので、休みの日は近場でのんびりしたいそうだ。アウトドア派かと思っていたので意外だった。

莉名自身のこともいろいろ話した。ＩＴの資格の勉強をしていること、莉名もインドア派でテレビばかり見ているから、興味のあるＹｏｕＴｕｂｅチャンネルを見る時間がないこと。ひとりでカレー屋に行くこと。休みの日はお昼まで寝ていること。

自宅待機はどうしても気が張り詰める。いつ次の職場が決まるかわからないし、友人も暇ではない。一日声を出さない日もざらだ。こうして話す相手がいるだけで、だいぶ救われるのだと思った。

そのときだった。

「あっ、忘れてました。この間、広島出張に行ってきたときのお土産です」

御子柴が取り出した箱を見て、莉名は言葉を選ばずに言えば――戦慄《せんりつ》した。

――『ホルモンのチョコレート和《あ》え』。

もはや異次元の発想である。

「あ、ありがとうございます……」

あいかわらずのセンスだ。これは食べるのに勇気がいる。

だが御子柴は「おいしそうですよねー」といつものように満面の笑みだった。そんな御子柴を見ると、食べてみようかと勇気がわいてくる。なぜ勇気がいるのだろう。

やがて話題はBBGの話になっていった。

ふたりの共通の話題となると、どうしてもそうなる。

「――それで鬼塚さん、興奮して声が大きくなって、パソコンのスピーカーの声が割れちゃって先方に注意されたんですよ」

「あはは、鬼塚さんらしいですね」

たわいもない話に、莉名は自然と懐かしむような顔になる。

何にでもいつかは終わりが来るものだ。でもそれがいつなのか知りたくないこともある。BBGとの別れを前向きに受け止めるには、莉名にはまだ時間が必要だった。

寂しさが顔に出てしまったのか、

「蜜石さん」

椅子を引いて背筋を伸ばすと、御子柴は真剣な表情で言った。

「どうかBBGで働いたことを生かして、次の職場でも素敵な蜜石さんでいてください。もっと自信を持ってくださいね」

「ありがとうございます――」

そこで言葉が止まってしまう。自信がないからだった。このまま言葉を続けたら、御子柴を気遣って嘘をつきそうだ。自信がないのに、自信を持って頑張りますと言いそうだ。

御子柴は訴えるように続けた。

「それに……、ＢＢＧのみんなにはいつでも会えますよ。一緒に働いた仲間ですから。俺のこともすぐに呼んでください。営業職なのでフットワークの軽さには自信があります」

御子柴は腕を振って、走るジェスチャーをした。どこまでも優しい人だ。

呼べば来てくれるなら、もちろんみんなに会いたい。でも莉名は――御子柴に一番に来てほしい。御子柴はどうだろうか。一番に到着したいと思ってくれるだろうか。

「蜜石さんさえよければ、また休みの日に会いたいですね。あっ、そのときは聞いちゃおうかな、『蜜石さん、最近どう？』って」

「全然聞いてくださいよ」

「やった！　でもそのとき、『元気です』だけで返事されるのは悲しいなあ」

「え、何でですか？」

「毎日会えなくなる分、話が積もるじゃないですか。会わない間のこと、たくさん教えてください。俺、蜜石さんの話聞きたいんで。楽しいし気持ちが落ち着くんですよ」

照れくさそうに笑う御子柴を、莉名は愛しく思った。

「わかりました。たくさん話します。だから御子柴さんのお話も聞かせてくださいね」

「もちろんです！」

にこっとする御子柴を見てさらに思った。

もっと心を開きたい。ずっと話を聞いてほしい。

莉名は思わず問いかけていた。

「御子柴さん、私、ちゃんと情シス業務ができていましたか？」

「えっ？　蜜石さんがですか？」

少し空気が変わる。

真剣に聞きたかった。だが御子柴は不思議そうに答えた。

「当たり前じゃないですか。みんな大助かりだったんですから」

「正直、いつも心配でした。私はこの仕事に就いてたった二年です。それまではＩＴに興味さえない素人だったんです。ＢＢＧさんの案件が終わることを告げられたとき、やっぱり二年続いたのは運が良かっただけなんだな、と思いました」

御子柴は、宙に目をやり考え込むと、

「いや、こう考えたらどうですか。初めてのＩＴのお仕事で、しかもほぼひとりなのに、二年も続けられたって。二年続いたことは、蜜石さんの自信になりませんか？」

「………………」

莉名にはない視点だった。二年も、か。

「俺、すごいと思います。オフィス中から問い合わせを受けて、いつも忙しそうなのにつんつんしてなくて。絶対、次に生かせますよ。蜜石さんならどこに行っても人気者です。俺、うらやましいです。蜜石さんと一緒に働ける次の職場の人たちが」

莉名よりも御子柴の方が、よっぽどどこに行っても人気者なのに。

「でもね。せっかくならね、一緒の職場で働きたかったですよ」

御子柴が軽くうつむいた。

長いまつげと通った鼻筋を、莉名は見つめている。

残念そうな表情をしているのがわかった。

「しょうがないですよねー」

御子柴は、自分に言い聞かせるようにつぶやいている。

途端に莉名も切なくなった。寂しさを覚えた。

ずっとそうだったが、目の前の御子柴を見て余計にその思いが募る。

御子柴に近付きたい。もっと私を知ってほしい。

「別業界からＩＴに転職していきなりこんなに頑張って、蜜石さんすごいですよね」

転職していきなり――か。

疑うことなく話を聞いてくれる。そのまっすぐな目がまぶしくて、莉名は困り顔でうつむいてしまった。自嘲するような笑みが自然と浮かぶ。

「どうしました？」

心配そうに莉名の顔をのぞきこむ御子柴。

一生懸命励ましてくれている。

――いきなり、ではないんですよ。すごくもないんですよ。

私はただの嘘つきだ。情けない記憶をなかったことにして、ＢＢＧのみんなに話している。

後ろめたさで気が重くなる。

不誠実な自分は、この綺麗なレストランに不釣り合いだと思った。

話そうか。どうしようか。

でも迷っている時点で、もう話したいのだろう。

「俺は蜜石さんと違って、いつも頑張りが足りなくてですね……」

冗談を言う御子柴。

――私は御子柴さんの思う私とは違う。そんなにできた人間じゃない。

でも御子柴には、本当の自分を見てほしかった。

莉名は自然と話し始めていた。

「御子柴さん。実は私――」

「え？」

御子柴が顔を上げる。

気が付けば切り出していた。堰《せき》を切ったように話す。BBGに来る前のこと。前の現場のふがいない去り際のこと。

暗くみじめな話である。

だから御子柴にとっては、つまらない話である。

「そんなことがあったんですか……。大変な思いをしてきたんですね」

聞き終えると、御子柴は言葉を探すように言った。真剣に話を聞いてくれた。

「——そして結局ＢＢＧさんに来たわけですが、ここでも小谷さんにレベルが低いと言われてしまいましたし。何も返せなかったです」

諦めたような莉名に、御子柴は「それはもう過去の話です」と、首を振った。

「ＢＢＧで温かく迎え入れられたじゃないですか。まだまだこれからですよ」

「受け入れてもらえたのはうれしく思っています。でも現場はいろいろありますから。正直……怖くはあります。たぶんこれからもずっとです」

「昔は昔です。前を向きましょうよ——こんな話ありますよね」

御子柴はテーブルの上のコップに手を向けた。

「よく言うじゃないですか。コップに半分だけ水が入っていて、まだ半分も残っていると考える人がポジティブ。もう半分しか残っていないと考えるのがネガティブだって。蜜石さんは後者ですか？」

「そうですね……断然。御子柴さんは前者のタイプですか？」

「俺ですか？　俺も、もう半分しか残っていないと考えるタイプです」

意外な返事だ。

「そうなんですか？　私と一緒ですか？」

「少し違いますね。俺の場合は、半分しか残っていないならさっさと飲んじゃって、早くキンキンに冷えた二杯目に行こうって思うタイプです。だからポジティブですね。完全に水じゃなくてビールを想定しています」

そう言って御子柴が笑うので、莉名もつられて笑ってしまった。

「何ですか、それ」

「いいんですよ。自分が前向きになれるなら、ちょっとぐらい前提変えても。蜜石さんも変えちゃってください」

前提を変えるなら。それなら——

「水が半分入っているコップですか。それなら私は——そこに植物を生けて、水耕栽培を始めようかな。お部屋のインテリアにしたいです。これはポジティブですか？」

「へー、いいですねそれ！　コップの水は、人が飲むものとは限りませんからね」

「実は家でミントを育て始めたので。あともう一つ思い付いたものがあります。『半分しか残っていない』ってフレーズで思い付いたんですけど」

「おっ、まだありますか」

「それならディスククリーンアップをすれば、空き容量が増えますよって案内しそうになりました——職業病ですかね」

Ｗｉｎｄｏｗｓでハードディスク内の不要ファイルを削除し、空き容量を増やす機能のことだ。

「水もコップも関係ない、前提を総取っ替えじゃないですか！　さすが情シスです」

御子柴はおかしそうに笑った。

それからも話は続いた。

御子柴は表情もジェスチャーも大きくて、莉名とは真逆である。

人の良さが出てて、あらためて営業にぴったりの人だと莉名は思った。

そのとき、ふと話が途切れた。

店内BGMや周りの席の話し声に気付く。何となく席の外に目をやる。薄いカーテン越しに、他の席の様子が目に入った。楽しそうに話しているカップルも多い。

——私たちも恋人同士に見えているのかな。

勝手に想像して、勝手に恥ずかしくなった。

「蜜石さん」

御子柴の声がした。少し前のめりになって、莉名の目をジッと見つめる。

「怖くなったら——俺が蜜石さんの助けになりますよ。いつでも呼んでください。お世話になった分の恩返しもしたいですし。それに、もっと蜜石さんのことを知りたいです。だから何でも話してください。俺、いつも周りを温かくさせる蜜石さんのことが……」

待ってくれ、それはどういうことだ。いきなりすぎやしないか。

莉名は固まって動けない。

御子柴は御子柴で、顔を赤くして、莉名に視線を向けている。こっちはこっちで固まっている。

「私、私は……」

あわあわとあわてふためく莉名だった。

なぜ御子柴に、過去のことを話してしまったのだろう。それはつまり、私は――

数秒の沈黙の後。

「いや、その、これからもよろしくお願いしますってことです！」

御子柴は少し声のボリュームを上げると、バッと素早く頭を下げた。

「こ、こちらこそ」

莉名もあわててそれに応じた。

思うように進められない、不器用なふたりである。

でも気持ちを伝えるのに、器用である必要はない。

――器用にこしたことはないけどね。御子柴さんも私も。

頭をかく御子柴を見て、莉名はほほ笑ましく思った。

そして、莉名自身に対しても苦笑いした。

莉名は植物を生けたコップの水を替えるとき、誤ってこぼすタイプなのかもしれない。そして御子柴はひょっとしたら、半分しかビールが残っていないグラスを飲み干すことを繰り返して、べろべろになるタイプなのかもしれない。

御子柴との関係は、これからどうなるのだろう。

職場が別々になることで、前より会える日は減ってしまう。

――だからこっちからも、ちゃんと歩み寄らないと。

もし御子柴のコップに、水が半分だけ入っていたら。

莉名はいち早くそれに気付いて、どうするか聞いてあげたいと思った。

もちろん次のビールは、ぬかりなく用意しておく。御子柴の言い方を借りれば、キンキンに冷えたやつを。

そんなことを考えていたら、自然とほほ笑んでいたらしい。

「どうしたんですか？　そうだ、蜜石さんのコップに飾るお花は俺が買ってきますからね」

と、御子柴も目を細めてほほ笑んだ。


それから二週間後。

誰がこうなることを予想しただろう。

莉名はそのとき、表情筋を鍛《きた》えるため顔ヨガをしていた。顔を上下に伸ばす『ムンクの顔』という運動だ。人と話すことが減り、顔の筋肉が強張っている気がしていたのだ。テレビには録画した『布川の柵』を流していた。

手鏡に映るおかしな顔に苦笑し、テレビを見ては爆笑する。人には決して見せられない時間である。蜜石莉名、これでも現在職探し中。

そこに電話がかかってきた。

「もしもし」

電話に出てその一報を受けた莉名は、ソファから跳び上がっていた。わけがわからないまま話を聞く。

電話を切っても戸惑いが続くので、目を閉じて深呼吸をして、三つ数えて目を開けた。

戸惑ったときも再起動しましょう、なんてね。珍しくおちゃらけている。

段々状況が理解できてきた。うれしさがこみあげてきた。

――そうだ！

莉名は番組を一時停止すると、御子柴にＬＩＮＥ電話をかけていた。

ＢＢＧを去ってからも電話で話はしていたものの、全部御子柴からだった。莉名から電話をかけたことは一度もない。それも――

今、このときのために取っておいたのかも！

莉名にしてはポジティブである。照れくさくて、こっちからかけられなかっただけなのに。

まだ仕事中かもしれない。忙しいかもしれない。でもとにかく一秒でも早く伝えたい。

電話を鳴らすたった数秒がもどかしい。早く、早く出て！

「もしもし？」

よかった、出てくれた。莉名が好きな御子柴の声だ。

「あれっ、蜜石さん。電話なんて珍しいですね、どうしたんですか――」

言い終わるより前に、莉名はボリューム大きめのはしゃいだ声で伝えていた。

「御子柴さん！　私、また――」

8

「お前、何しにここに来たー！」

一ヵ月半ぶりに元の席に戻ると、さゆりが莉名にガシッと抱きついてきた。

「でも、もう二度と離さない！　ヴィーナス会会則その四！　辞めるな！」

さゆりは莉名の胸で泣きながら言った。意外にさゆりは泣き虫である。自分の気持ちに正直でまっすぐなのだ。

そして突然追加された、厳しいのか厳しくないのかよくわからない会則。

でももちろん莉名は、この会則を遵守《じゅんしゅ》するつもりだ。ヴィーナス会のメンバーだから。ちゃんと心に留《と》めておこう。ヴィーナス会会則、その四。

――『辞めるな！』

「莉名ちゃん、お帰りー！　あの日の涙は何だったのー？」

そこに、鈴もうれしそうに寄ってきた。涙の理由は莉名も知りたい。

莉名はオフィス中から注目されていた。知った顔ぶれの、知った笑顔につつまれて。

「またよろしくお願いいたします！」

莉名が頭を下げると、温かい拍手が巻き起こった。

莉名と長谷川は、再度ＢＢＧの情報システム部に復帰することになった。

梅沢によると、一度離れた現場に戻ってくることもあるらしい。ただ、ここまで短い期間での復帰はレアケースだそうだ。

再度、梅沢との面談が『ボード・イースト』であった。

「神田さんもふたりのことを認めていますし、今までの調子で引き続きお願いします。今回はいろいろお騒がせしました」

頭を下げる梅沢を、莉名はあわてて止めた。

「そんな、こちらこそありがとうございました」

「僕が戻れたのも蜜石さんのおかげだな。蜜石さんが現場で信頼を得たから、そこに僕もひっついて戻った感じだからさ」

長谷川がいつもののんびりした口調で言った。今日は珍しく一緒だ。大柄で柔道家のような体型で、『気は優しくて力持ち』というフレーズがぴったりだ。

「システムベアの小谷さんですが、ＩＴスキルは優秀だったものの、対人スキルを必要とするヘルプデスク業務は不向きだったようです。また蜜石さんと長谷川さん、ふたりの対応業務量が思った以上に多かったのも不満だったみたいですね。本人も元々、システム開発業務を希望していたようで、現場の変更を申し出たそうです。変更しないと会社を辞めるって駄々をこねたみたいですよ。神田さんがこっそり教えてくれました」

「それはまた、とんだ問題児だなあ」

長谷川が巨大ハンバーグをほおばりながら笑った。梅沢も苦笑気味にうつむく。

「ヘルプデスクは地味で泥臭いから嫌だ……とのことです。それで小谷さんは異動することになったのですが、システムベアさんでちょうどいい要員が今いなかったそうです。急ぎで交代要員を見つける必要もあり、再度スカーレットにお話をいただけました」

「ま、戻れてよかった。蜜石さんの日頃の一生懸命さが報われたね」

長谷川がしみじみと言った。

そう言ってもらえるのはうれしいが、不安だった。

「でも私、インフラとかネットワーク周りは、長谷川さんがいないとできませんし」

「そんなの、どうにでもなるよ。経験で身に付くスキルなら経験すればいいだけさ」

そんな簡単ではない気がするが、今後莉名のスキルアップは必須だ。いつかは取り組まなければいけないことである。

「昔の僕だったら、再度要員募集となっても絶対誘われないからな。実は僕も昔は調子乗っててさ、ヘルプデスクの現場を一ヵ月でクビになったことあるんだよ。こっちから辞めたんじゃなくて、クビね。仕事は人と人の関係で成り立っているって、当時の僕はそんなこともわかってなかった。蜜石さんはその辺り長けてるよね」

梅沢が微笑を浮かべた。

前に梅沢がしていた話は、長谷川のことだったようだ。今の温和な感じからは想像もできない。長谷川も変わったらしい。

以前に梅沢が言っていた通り、適材適所で世は回るのだろう。

だが、今の自分は適材ではない。

だからこのどんでん返しは、足の速いウサギがのろいカメに負ける話に例えることはできない。例えるなら、歩むことも忘れたカメが、たまたま風に吹かれてウサギに勝ったような都合のいい話だ。風に吹かれて飛ばされるにも、桶屋が儲かる的な意外性もない。ただ運に恵まれただけである。

小谷は一月半という短い間に対応した業務について、引き継ぎ資料として詳細な記録をカルタに残していた。
・営業部。岩倉。売り上げ資料作成依頼。クエリを作成し入力は部署で運用するよう案内。メンテはユーザーのスキルでは無理。壊れたら情シスで要対応。
・デザイン部。入栄。同問い合わせについて以前もあり。デザイン部はファイルバックアップの頻度要検討。頻度を上げる場合、ＨＤＤ容量不足につき購入手配も必要。
それは今の莉名には到底無理な、詳細な解決案が提示されている資料だった。

——代わりに来た人、すごく嫌な感じで蜜石さんの方が全然よかったよ。

何度かそう言われたが、複雑な気持ちになる。

小谷は高いスキルを持ちながら、雑な対人対応でそれをアピールできなかった。逆に今の莉名は、周囲とうまくやっていきスキル面をカバーしている——のではなく、カバーさせてもらっているのだ。情シス要員としてどちらが優秀なのか。もちろん小谷である。

莉名は小谷のことを思い出していた。

――嫌味なやつだったけど、彼も別の現場では信頼されて貴重な戦力となるのだろう。すぐに現場を異動するというわがままが通ったのも、優秀さの表れかもしれない。

だから莉名は、決して小谷を頭ごなしに否定することはできない。

そこだけは、絶対に勘違いしないように。今回バネにできるのは悔しさだけだ。

莉名はひとり小さくうなずいた。

梅沢が、長谷川と莉名に向かって言った。

「蜜石さんが現場と円滑な関係を結んでいるからこそ、長谷川さんが安心して自業務に集中できる面もありますからね」

「そうそう、その通りです。また一から頑張っていこう。ごめんなさい、一ではないね。蜜石さんが積み上げてくれたものがある」

「また頑張ってみます」

莉名は頭を下げた。

着実に実力を付けていくしかないのだ。カルタも『莉名ックス』も、もっと充実させよう。

――日陰で地味で泥臭くても、私はヘルプデスクという仕事が気に入っているから。

だからこそ、複雑でもあるが。

ユーザー対応を評価してもらったことはありがたい。でも実力がみとめられたわけではない。復帰できたのはただの偶然である。

小さな積み重ねの繰り返しで仕事は成り立っている。

積み重ねるにも、繰り返すにも、今まで以上に努力が必要になる。できるだろうか——

気持ちの再起動ボタンを押すのに、まだ莉名はためらいがあった。

9

「情シスの蜜石さんですね。はじめまして！　営業部の御子柴雄太と申します」

「このたび業務委託で情シスに配属されました、蜜石莉名と申します」

「あれー、何だか初めて会った感じがしませんね。最近も一緒にご飯食べた気がします」

「不思議ですね。今ちょうど私も、同じこと考えていました」

見つめ合って、笑い合う。

アンティーク調の家具で統一された暖色の空間は、コロナ対策でテーブル間も離れており、心地よく話を楽しめそうだ。

今日は御子柴も早めにあがれるということだったので、宝町駅方面に少し歩いたところにあるイタリアンの店、『オステリア　ヤマサト』にやってきた。ＬＩＮＥでのやり取りはあるものの、莉名の復帰後にちゃんと話すのは今日が初めてだ。

御子柴は濃いネイビーのスーツにダークレッドのネクタイ姿だった。革靴はいつ見てもピカピカだ。

一方の莉名は普段とあまり変わらず、ワイン色のタートルネックのセーターである。ただベージュのチェスターコートと白いスニーカーはおろしたてだった。

仕事は着慣れた服で取り組みたい、というのは言い訳で、いつもと違うとさゆりと鈴にバレるかなと思い、さり気ないオシャレにとどめたつもりだった。

——結局、あっさりバレたが。

何も言っていないのに、「今日は一緒に帰れないかー」と、にやにやしながら決めつけるさゆりと鈴に見送られ、ここにやってきた。

「蜜石さん、俺めちゃくちゃうれしいですよ。みんなも盛り上がってました。しばらくは『蜜石さん、最近どう？』ラッシュが続くので覚悟してくださいね」

「はい、そうします」

二年近く続けてようやく慣れたのに、『最近どう？』に『戻ってきてどんな気分？』という意味が一つ上乗せされてしまった。また照れくさくなりそうだ。

シーザーサラダを取り皿に分けようとしたが、その前に御子柴が「これ分けますねー」と、トングを手に取った。「あ、すいません」とお礼を言う。

サラダを分けながら御子柴が言った。

「そうそう！　あとあの日、蜜石さんの方から電話くれて、それもうれしかったです」

「そ、それは……」

途端に莉名は縮こまり、顔を赤くした。

復帰が決まった日、舞い上がって御子柴に電話をかけたことを思い出す。ヴィーナス会のLINEグループより先に、御子柴に連絡したのだ。

「いろいろ心配してくださったので、すぐお伝えしなければと……」

これも言い訳である。誰よりも先に、御子柴に伝えたかった。

「ありがとうございます！」

御子柴はサラダを莉名の前に置いた。そんな莉名の気持ちに気付いているのか、快活な返事からはわからない。

「でも偶然ですけどね、戻ってこられたのは」

手放しでよろこぶには、心配事が多い。

「偶然でもいいじゃないですか。蜜石さんだからできたアクロバットですよ。あれ、もしかして蜜石さん、まだ自信ないですか？」

「……はい」

あっさり見透かされている。

「やっていけるかどうか……」

肩をすぼめる莉名を見ると、御子柴は「大丈夫です」と、手に持ったグラスを置いた。

「やっていけるから、こうしてまた一緒に働けるんですよ。今ここにいることが、蜜石さんのこれまでの積み重ねが間違いではなかった証拠です。蜜石さん、ひょっとして自分ができる仕事なんて、たいしたことないと思っていませんか？　それは違いますからね」

――始まって早々なのに、何だか泣きそうになった。

たぶん莉名は、ずっと今の御子柴の言葉がほしかったのだ。

テーブルの上に並んだ料理の一つに、鮭《さけ》のクリームファルファッレがある。ファルファッレとは、蝶《ちょう》みたいな形をしたパスタのことだ。

御子柴はそれを見ると言った。

「蜜石さん、バタフライエフェクトって知ってますか？」

「はい、知っていますけど……？」

小さな事象が別の事象を引き起こす。それが繰り返され、次第に大きな事象へと変化していくことである。『ブラジルの蝶の羽ばたきは、テキサスの竜巻を引き起こす』という例えが有名だ。日本のことわざで言えば、風が吹けば桶屋が儲かるとなる。

だが急に何の話だろうか。

「目標やゴールに向かっていると、たまにうれしい誤算もありますよ。基本的なことですけど、やっぱ行動あるのみですよね。俺は単純だから、そう言われたらあちこち走り回るだけです。でも蜜石さんのように多くの人に目配りして、そのうえひとりひとりに親身になるのも、広い行動になりますよね。俺はそんな蜜石さんを尊敬しています。蜜石さん。俺、気付いたんです。スペシャルマートとの契約、実は蜜石さんのおかげなんですよ」

「……どういうことですか？」

ますます何の話だかわからない。

莉名はフリーズした。ここ最近で一番のわけのわからなさに、もしかしたら本当に首が九十度傾いたかもしれない。

「蜜石さん！　首がフクロウみたいになってます」

「あっ、すいません」

フクロウに例えられた。とうとう九十度の新記録が出たのかもしれない。

「まあまあ、聞いてください」

そう言うと、御子柴は話し始めた。

「以前、蜜石さんのおかげで、若林さんと佐々本がスーパーサイタマと契約できました。そしてスーパーサイタマのグループ会社にヤマウ電気という家電量販店があり、そことも続けて契約できたのです」

ヤマウ電気。デザイン部の中山と営業部の西野から、名前を聞いたことがある。

「そのヤマウ電気でフェアの開催が決まったのですが、デザイン部の入栄さんと戸村さんの活躍で販促物納品が早まり、フェアも前倒しで始まりました。これも蜜石さんのサポートのおかげですよね」

それは莉名の成果ではなく、入栄と戸村の成果ではないか。

そう思ったが、御子柴の話は続いた。

「若林さんと佐々本、入栄さんと戸村さんをサポートしたことは、絶対に『余計な詮索』でも『愛想を振りまいた末の安請け合い』でもないです。蜜石さんの細かい気配りです」

うなずくしかできない。

すごくうれしい。ただこんな自分が、うれしい言葉をそのまま受け止めていいのか、という気持ちもある。

「そしてフェアが始まった数日後、ビールックというスーパー主催のパーティーがあったのですが、そこにスペシャルマートの向井さんとヤマウ電気のご担当者がいらっしゃいました。ヤマウ電気のご担当者はフェアの売り場を写真に撮っており、向井さんにそれをお見せしたのです。向井さんはBBGに大変興味を持ってくださり、その場で名刺交換ができました。それからは蜜石さんの協力もあり打ち合わせを重ねた結果、契約が締結できたのです。つまり――」

御子柴は手振りを交えながら説明した。

「スーパーサイタマとの契約がなければ、ヤマウ電気と契約できなかった。ヤマウ電気のフェア開始が早まらなかったら、向井さんがBBGに興味を持つこともなかった。また向井さんの後任の蓮田さんは、向井さんの熱のこもった説明があって、我々にしっかり向き合ってくださった。あの日のWEBミーティングで、向井さんをその気にさせることは必須だったのです。スーパーサイタマとの契約。ヤマウ電気のフェア前倒しスタート。WEBミーティングの成功。全部、蜜石さんのサポートが大きく関わっています。蜜石さんがいたから、スペシャルマートと契約できたのです」

あまりに真剣に話すので、圧倒されてしまった。

「おまけに蜜石さん、鬼塚さんに頼まれて、スペシャルマート企画部長の携帯電話も直したそうですね。駄目押しの一手まで蜜石さんのお手柄《てがら》です」

あの人は、スペシャルマートの企画部長だったのか。でも――

莉名は手を大きく横に振った。

「そんな。今回はたまたまよかったですけど、優先順位を考えずに取りかかる、役立たずな私なんです。何度も同じミスをしてしまうんです」

またうまくやっていけると思えなくて、御子柴の励ましを否定してしまう。

変に頑固な自分が嫌になる。

「前より学べばいいんですよ。大事なのはそこで怖れないこと、その時々で一生懸命になることです。失敗から学ぶこともありますけど、結果失敗ではなかったのに学べるなんてラッキーじゃないですか。俺なんて失敗しまくってますよ。あっ、わかった。何度やっても『何度』ってのを甘く考えればいいんですよ。百回まではならオッケーみたいな」

「百回も失敗したらクビになってしまいます」

……真面目か。返しが下手くそすぎる。

「俺は一億回ぐらい失敗しているので大丈夫です。小学生みたいな誇張《こちょう》ですね」

御子柴は照れたように笑った。

――御子柴の言う通りなのだろうか。いや、でも。

「待ってください。契約は大勢の人の力があったからこそです。それを私のおかげだなんて……おこがましいですよ。偶然とはいえできすぎた話ですが」

「うん、その通りですけど」

御子柴は、拍子抜《ひょうしぬ》けするほどあっさりうなずいた。

「できすぎた話ですよ。でもいいじゃないですか、少しは『これは自分のおかげだ！』ってうぬぼれても。『誰かのために』っていう蜜石さんの純粋な気持ちで、このできすぎた話が成立したのですから。バタフライエフェクトが起こるにも、蝶々が羽ばたくにも——花の蜜が必要ですよ。蜜石さんの蜜です。ぴったりな名字ですね」

少しは自信を持っていいのだろうか。

「うーん、でも……」

「もっと自分をほめてあげたらどうですかって、神様が蜜石さんに言ってるんじゃないですか？　……俺、かっこつけすぎですかね」

「かっこつけてはいないと思いますけど……」

「蜜石さんが積み重ねてきた経験の中で、たくさんの達成感もあったはずです。そのときの気持ちを次へつなげましょう。そうすればまた別の達成感、別の『やった！』に出会えます。そう考えるとわくわくしませんか？　もう昔の蜜石さんとはさよならです」

御子柴は莉名を元気づけるように、大きくうなずいた。

「『まだ何も身に付けてないのにもう辞めるの？　無駄な時間を過ごすの好きなんだね』って、誰だか知りませんがひどすぎです。でも今蜜石さんは多くのことを身に付けて、日々頑張っています。だからその言葉にリベンジを果たせているんです。その達成感が胸にあって蜜石さんに自信をもたらしているなら、無駄な時間じゃなくなったんですよ。無駄か無駄じゃないかなんて、後からいくらでも変えられます——変えましょうよ」

「は、はい……」

御子柴の言葉に甘える資格があるのだろうか。

この晴れていく気持ちを受け止めていいのだろうか。

「もう忘れましょう、昔のことは。人に優しくなれる蜜石さんは、自分にも優しくしていいんです」

御子柴はそう言って笑った。

「そう、なのでしょうか——」

「はい！　そうです！」

大きくうなずく御子柴に、自然と莉名から笑みがこぼれる。

心の中の重苦しい何かが、消えていく気がした。

今、莉名は確かに、御子柴の言葉に影響を受けている。

「そこまで言ってくれるなら、そう考えてみようかなと思い始めました」

「よかったです！　ＢＢＧがまた蜜石さんにとって大切な場所になったらうれしいです」

もうとっくに大切な場所である。

莉名の気遣いが、スペシャルマートとの契約成立に影響したらしい。そのことを御子柴から伝えられた。バタフライエフェクトの効果が莉名自身に返ってきたのだ。そして御子柴の言葉に、莉名は励まされている。

臆病で自信のない自分を隠していた。

それでも毎日の必死な取り組みが巡り巡って、自信を与える言葉になって戻ってきたようだ。だとしたら、ずいぶん遠回りしてきたものだ。

「私はもっと前を向いていいのでしょうか」

「前を向くのに誰の許可もいりませんよ。今回のことは今後の糧にすればいいんです」

そういうことか。

今後の糧になる――ではなく、今後の糧にするのだ。

「それにしても『蜜石さん、最近どう？』が社内から消えたことはＢＢＧにとって大損失ですよ。あれ聞くと、何だかあったかい気分になるんですよね――そっか」

御子柴が思い付いたように言った。

「これ、俺の心にも蜜石さん得意の再起動をかけてるようなものですね。再起動で気持ちさっぱりみたいな。うん、よし！　蜜石さんも――困ったときは再起動しましょう」

――え？

御子柴をきょとんと見つめてしまう。おどろいて目をパチパチさせる。

さっきから見透かしたように、莉名の気持ちに染み入る言葉を言ってくる。

何だかおかしくなってきた。

莉名はほほ笑みながら、「実は……」と、御子柴に告げた。

「もう再起動してるんです。今まで何度も」

事実である。御子柴は「えっ、そうなんですか？」と不思議そうに首をかしげた。そんな顔しなくてもいいのに。

「いいこと言えたと思ったのになあ」

頭をかく御子柴に、莉名は答えた。

「そんながっかりしないでください。そう言ってもらえてうれしいです」

困ったときは再起動しましょう――か。

そうだ、今までもずっとそうしてきた。

莉名に必要だったのは、再起動して気持ちを切り替えようとする、そんな自分をもっと肯定してあげることだったのかもしれない。

――再起動して頑張っている私はすごい！　ちょっとぐらいのうぬぼれなら全然あり！　ってぐらい、胸張ってもいいか。

前を向けそうな気がしている。

二度あることは三度ある、だそうだ。まったく、人を不安にさせることわざだ。

今莉名は、二回挫折して二回立ち直った。それはつらい経験だった。でも三度目が来ようがへっちゃらである。だって、三回目の立ち直りもあるのだから。

だが、気の持ちようではどうにもならないこともある。

それは今、目の前にいる御子柴のことだ。

「御子柴さん」

思わず名前を呼んでいた。

「ん、どうしました？」

デザートのピスタチオジェラートを食べながら、御子柴は小首をかしげて眉を上げた。

「ありがとうございます」

莉名はほほ笑みかけるように伝えた。

——もう、そうじゃない！　もっと伝えたいことがたくさんあるのに、一言に集約させてどうする。本当にいっつもいつも、私は……。

「は、はい！　でも、何がでしょうか」

困惑しながらも、御子柴も照れくさそうである。

——でもこれから少しずつ伝えていこう。伝えられるはず。

ふたりの間で交わした言葉はまだ少ない。まだまだ足りない。だからその分、これからの時間は長い。そうだったらいいな、と思う。

そのとき照れて何も言えないのは嫌だから、もっと私のことも——

くるくると表情が変わったり、一生懸命莉名を励ましてくれたり、大真面目に変な出張土産を買ってきてみんなを困惑させたり——

莉名はそんな御子柴が気になって困っている。その気持ちが徐々に膨らんで、御子柴への想いに形を変え、なおさら困っている。

でもこれは再起動しても直らない気がする。

つまり、別に困ってはいないのかもしれない。


御子柴は壁にかけた莉名のコートを見ると、ぎこちなく言った。

「素敵なコートですね。今まで着てなかったですよね？　新しいやつですか？」

じらすなー。ようやく言ってくれた。

「気付いてたんですね」

「すぐ気付きましたよ。いやー、ほめるタイミングが見つからなくてですね……」

笑ってごまかす。仕事中や莉名を励ましてくれるときは、あんなにしっかり話すのに。

でもこの感じがいい。ギャップがあるとかそういうことじゃなくて、今目の前のこの人の、誠実そうな人柄《ひとがら》が。

――うん、御子柴さんのこういうところが好きだ。

やはり莉名は困っていない。

10

そしてまた元の日常が戻った。

でも日常は日々アップデートされていく。

戻ってきたら、前とは違っている。

めまぐるしく変わっていく、景色も自分も。

だから何気ない日常を共有できる人がいることはしあわせだ。

それがいつも同じ顔触れだったら、なおさらである。


少し間が空いたけど、そこはまだ莉名にとって座り慣れた席だった。

不思議な気分で座っていると、鈴がやってきてこっそり耳打ちした。

「莉名ちゃーん。最近マッチング率が低いの。私からの復帰一発目の問い合わせは、もっと私がかわいく見える写真の撮り方ってことでよろしくー」

あいかわらずだ。

莉名は「オッケー」とウインクした。鈴はうれしそうに続けた。

「頼んだよー。莉名ちゃん、こんな言葉があるんだよ――」

鈴はなぜか、さゆりの席をチラ見した。さゆりは今席を外している。

「えーと、『この日この時というベストタイミングで出会う人や場所がある。そう簡単に別れることはなく、ちょっと離れてもすぐにまた元に戻る。それがつまり居場所である』だったかなー。今の莉名ちゃんみたいだね」

今の莉名にはとりわけ染みる言葉だ。

「へー、それ、誰の言葉？」

「BBGって会社で働いている、関森さゆりっていう人だよ」

鈴はおかしそうに笑った。

「もさおくんと大喧嘩《げんか》して落ち込んでたから心配したのに、次の日にはけろっと仲直りして、神妙そうにさっきの言葉つぶやいていたよ。莉名ちゃんもこの名言を嚙みしめてね。懇親会のお礼のヴィーナス会は、『莉名ちゃんお帰り会』と合同開催につき、超豪勢なお店にするね。あっ、これこの間コンビニで見つけたよ」

鈴はそう言って、莉名のデスクの上にホワイトチョコを置いた。

「あ、それと。もう莉名ちゃんに伝えることがたくさん！　会則その二を元に戻さないと」

言い終えると、鈴は会議室の方へと歩いていった。

そうだった。ヴィーナス会会則、その二。

――『BBGでの仕事を楽しみつくす！　(愚痴も楽しみに含まれる)』

莉名がBBGを辞めたときは、さゆりが『BBGでの仕事を』を『各々の仕事を』に変更したが、その必要はなくなった。

愚痴も楽しみに含まれるし、辞めたときのショックを思い切り愚痴っちゃおうか。

そう考えたら、次のヴィーナス会が楽しみになってきた。

莉名はもう一度オフィスを見渡した。

またここで「今」を積み重ねられることをうれしく思う。

こういう仕事である。またいつまでここにいるかはわからない。

でもいつかその日が来るとしても、そのとき新しい自分に期待する私でいたい。そのためには、いつも明日を楽しみにしている私でいたい。

ようやく気付いた。私だけができることなんてない。

だから今いる場所でできることを、もっと増やしていくのだ。

そうすればやがて見える景色は、誰のものでもないオリジナルになる。

できない業務を数えて自分を責めるより、できる業務を数えていこう。カウントの仕方は甘くてよし。

ステップアップする自分との付き合いはずっと続く。だから時に厳しくすることも大事だけど、時に甘く、大ピンチの時にはいっそ大甘でもいい！　そのときは私が私を許すから。

そんな毎日が、私を思いがけない遠くまで連れていってくれる。

誰の中にも羽ばたく蝶はいる。穏やかに吹く風の行く先を追いかけてみよう。

いつかはここを離れる日が来る。

だとしても、少なくとも今の私にとってこの場所は――

「莉名の居場所はここ！　そういうことでコミット・コミット！」

いつの間に戻ってきたのか、タイミングを合わせたように、突然さゆりが莉名に声を投げた。同時にサッと、莉名のデスクにホワイトチョコが差し出される。

だがあいかわらず忙しそうだ。またすぐにバッと立ち上がると、「莉名のものまねだよー」

と笑いながら歩いていった。ものまねと言う割には、やっぱり莉名よりも「めでたしめでたし」感の強い口調である。

莉名はバッグからイチゴチョコを出すと、さゆりのデスクの上にそっと置いた。

ついでに抹茶チョコも取り出すと、鈴の席に置きに行くために立ち上がった。

三人とも考えることは一緒だ。

鈴の席に向かいながら、オフィスの雰囲気を胸いっぱいに吸い込む。

活《い》き活《い》きとした表情で仕事をしている人たち。

――そうだ、今の私の居場所はここだ。

鈴の席から戻り、グストをのぞいたら、すでに問い合わせの山だった。

しみじみする暇もなく、また毎日戦場だ。

――でも私はやっていける。もっとできる。

もう迷わない。

もし困ったときは、自分を再起動すればいい。

心の中にある、自分だけの再起動ボタン。

――私らしくあるための大切なボタン。

莉名はそっと、それに触れてみた。

11？

「蜜石さん、いいですか？」

席に座っていると声をかけられた。

マーケティング部の男性からの問い合わせだった。

「はい、大丈夫ですよ。こちらにお座りください」

左隣の空席に座ってもらう。

男性は持ってきたパソコンの画面を莉名に見せた。

「資料に必要で、縦書きのＷｏｒｄファイルを作成しているんですけど、数字が横向きになっちゃうんですよ」

「これですね。該当の数字を選択し、拡張書式ボタンから『縦中横』を選択すれば縦向きになります」

莉名は操作してみせた。11だったところが無事11に変わる。

こっそり笑いそうになった。九十度ずれる。フリーズしているときの私みたいだ。

でも悩んでフリーズして傾いた首も、気持ち次第でこんな風に簡単に戻せるはず。

「本当だ。いつもありがとうございます！」

――いつも。

ありふれた言葉だが、今は愛しく思える。いつも莉名はここにいる。

席を立ち去ろうとした男性だったが、「あっ」と声を出して、莉名に笑顔を向けた。

——また来たか。

「ちゃんと言わないと、ですよね。お帰り蜜石さん！　それで——」

こうして、このくだりを何回も繰り返すのだ。

それを考えるとわくわくする。

少し照れるけど、これからもずっと返事できますように。

ＢＢＧにとって、かけがえのない存在になれますように。

ささやかな祈りを、いつでも元気に応じる自分に変えていく。

男性が莉名に問いかける。

「蜜石さん、最近どう？」

莉名はいつものように、満面の笑みで答えた。

「元気です！」

柾木政宗（まさき まさむね）

1981年、埼玉県川越市出身。ワセダミステリクラブ出身。2017年、『NO推理、NO探偵?』で「メフィスト」座談会を喧々囂々たる議論の渦に叩き込み、第53回メフィスト賞を受賞しデビューを果たす。著書に『朝比奈うさぎの謎解き錬愛術』『ネタバレ厳禁症候群～So signs can't be missed!～』がある。

困《こま》ったときは再起動《さいきどう》しましょう

社内《しゃない》ヘルプデスク・蜜石莉名《みついしりな》の事件《じけん》チケット

2021年9月8日　第一刷発行

著　者　柾木政宗《まさきまさむね》
発行者　鈴木章一
発行所　株式会社講談社 〒112-8001 東京都文京区音羽2-12-21
電　話　出版 03-5395-3506
　　　　販売 03-5395-5817
　　　　業務 03-5395-3615
本文データ制作　講談社デジタル製作
印刷所　豊国印刷株式会社
製本所　株式会社国宝社

KODANSHA

定価はカバーに表示してあります。
落丁本・乱丁本は購入書店名を明記のうえ、小社業務宛にお送りください。
送料小社負担にてお取り替えいたします。
なお、この本についてのお問い合わせは、文芸第三出版部宛にお願いいたします。

ISBN978-4-06-524632-0　N.D.C.913　311p 19cm